Couverture inférieure manquante

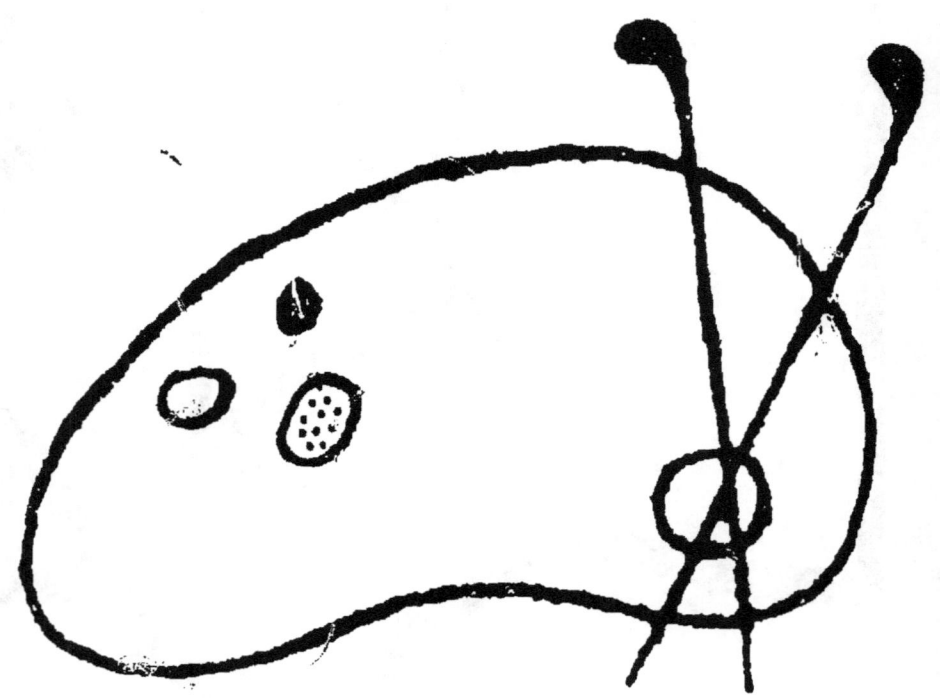

Début d'une série de documents
en couleur

CATULLE MENDÈS

POÉSIES

TOME PREMIER

PHILOMÉLA — SÉRÉNADES — PAGODE
SOIRS MOROSES

PARIS

BIBLIOTHÈQUE-CHARPENTIER

G. CHARPENTIER et E. FASQUELLE, éditeurs

11, RUE DE GRENELLE, 11

1892

Fin d'une série de documents
en couleur

POÉSIES

CATULLE MENDÈS EN 1863.

CATULLE MENDÈS

POÉSIES

— TOME PREMIER —

AVEC UN PORTRAIT DE L'AUTEUR, EAU-FORTE DE F. DESMOULIN

PHILOMÉLA — SÉRÉNADES — PAGODE

SOIRS MOROSES

PARIS

BIBLIOTHÈQUE-CHARPENTIER

G. CHARPENTIER ET E. FASQUELLE, ÉDITEURS

11, RUE DE GRENELLE, 11

1892

PHILOMELA

LIVRE LYRIQUE

A Théophile Gautier

NOTE BIBLIOGRAPHIQUE

Philoméla, le premier recueil de vers qu'ait publié Catulle Mendès, comprenait aussi *Sonnets* et *Pantéléïa*; il a paru en 1863 chez l'éditeur Hetzel. Cette première édition, depuis longtemps épuisée, est totalement introuvable. *Philoméla* fait partie de : *les Poésies de Catulle Mendès* (Sandoz et Fischbacher, 1876); il forme, avec *Sonnets*, le premier des sept livres intitulés aussi *les Poésies de Catulle Mendès*, qui ont été publiées en 1885 par Ollendorf, et en 1886 par Dentu; mais, dans ces éditions, également épuisées, plusieurs pièces avaient été omises. *Philoméla* est donné ici tout à fait conforme au texte primitif; à ces différences près que deux ou trois poésies, de la même date, y ont été ajoutées et qu'un poème : *les Fils des Anges*, en a été ôté pour être placé au nombre des *Contes épiques*.

PROLOGUE

Deux monts plus vastes que l'Hécla
Surplombent la pâle contrée
Où mon désespoir s'exila.

Solitude qu'un rêve crée !
Jamais l'aube n'étincela
Dans cette ombre démesurée.

La nuit ! la nuit ! rien au delà !
Seule, une voix monte, éplorée ;
O ténèbres ! écoutez-la.

C'est ton chant qu'emporte Borée,
Ton chant où mon cri se mêla,
Éternelle désespérée,

Philoméla ! Philoméla !

———

LE ROSSIGNOL

C'était un soir du mois où les grappes sont mûres,
Et celle que je pleure était encore là ;
Muette, elle écoutait ton chant sous les ramures,
Élégiaque oiseau des nuits, Philoméla !

Attentive, les yeux ravis, la bouche ouverte,
Comme sont les enfants au théâtre Guignol,
Elle écoutait le chant sous la frondaison verte,
Et moi, je me sentis jaloux du rossignol.

1.

« Belle âme en fleur, lilas où s'abrite mon rêve,
Disais-je, laisse là cet oiseau qui me nuit.
Ah! méchant cœur, l'amour est long, la nuit est brève! »
Mais elle n'écoutait qu'une voix dans la nuit.

Alors je crus subir une métamorphose!
Et ce fut un frisson dont je faillis mourir.
Dans un être nouveau ma vie était enclose,
Mais j'avais conservé mon âme pour souffrir.

Un autre était auprès de la seule qui m'aime,
Et tandis qu'ils allaient dans l'ombre en soupirant,
O désespoir! j'étais le rossignol lui-même
Qui sanglotait d'amour dans le bois odorant.

Puis elle s'éloigna lentement, forme blanche,
Au bras de mon rival assoupie à moitié;
Et rien qu'à me voir seul et triste sur ma branche
Les étoiles du ciel s'émurent de pitié.

Ce fut tout ; seulement, dès l'aurore prochaine
(Je n'ai rien oublié : c'était un vendredi)
Des enfants qui passaient virent au pied du chêne
Un cadavre d'oiseau déjà sec et roidi.

« Il est mort ! » dirent-ils, et de son doigt agile
L'un d'eux creusa ma fosse à l'ombre d'un roseau,
Et, tout en enfermant mes plumes sous l'argile,
Il priait le bon Dieu pour le petit oiseau.

ARIANE

Azur, neige, cinabre !
Splendeur et pur dessin
    Du sein
Dont la pointe se cabre !

Fureur de l'astre ! essor
Rouge dans la nuit noire ;
    O gloire
Des chevelures d'or !

Aube immense des pôles !

Baiser torrentiel

Du ciel

Sur les belles épaules !

Vague dispersion

Des célestes fumées

Pâmées

Dans les bras d'Ixion !

Candeur des citronnelles !

Mânes des lys défunts !

Parfums

Des lampes éternelles !

Rythme pompeux du vers !

Blanches apothéoses

Des choses

Dans les soleils ouverts !

Déchirement des voiles,
Et tout ce que l'orgueil
   De l'œil
Cherche dans les étoiles,

Les Dieux l'ont amassé
Dans les bras d'Ariane,
   Liane
Où je suis enlacé !

Ariane, farouche
Habitante des bois,
   Je bois
Les baumes de ta bouche !

C'est toi qui me conduis
A travers l'épouvante
   Vivante
Des forêts et des nuits !

Les bêtes, dans nos courses,
Te suivent par convois ;
    Ta voix
Charme le cœur des ourses !

Les chats-tigres félons
Baisent avec délices
    Les lisses
Rougeurs de tes talons !

Tu courbes la panthère
A subir comme moi
    La loi
Divine d'un mystère !

O reine enfant ! tu peux
Interrompre d'un geste
    La sieste
Des grands lions pompeux

Et, caprices énormes,
Rougir leur vaste flanc
    Du sang
Des mûres ou des cormes,

Et mêler à foison
Leur crinière moins blonde
    A l'onde
Folle de ta toison,

Et bientôt sur les lierres
T'assoupir à demi
    Parmi
Leurs troupes familières,

Cependant que le feu
De ta lèvre m'abreuve,
    O veuve
Adorable d'un Dieu !

Mais, enfant, puisque l'ombre
Des grands ravins te plaît,
  Il est
Une forêt plus sombre.

Ta nuque où l'astre luit
N'a pas d'or sous le peigne
  Qui teigne
D'aurore cette nuit !

Solitudes funèbres
Que roule vers l'enfer
  La mer
Houleuse des ténèbres !

Là, jamais le sanglant
Éclair de l'escarboucle
  Qui boucle
Ta ceinture à ton flanc,

2

Ni ton regard qui creuse,
Comme un soleil, des trous
    D'or roux
Dans la nuit ténébreuse,

  Ni tes lèvres en fleurs
Ne pourraient faire luire
    Le rire
Éclatant des couleurs!

C'est l'énorme broussaille
Et l'antre et le ravin
    Qu'en vain
L'aube candide assaille,

C'est le gouffre vainqueur
Du ciel et le désastre
    De l'astre,
C'est mon cœur! c'est mon cœur!

O détestable gîte
De monstres ! longs abois
    Du bois
Qu'un souffle impur agite !

Dans les repaires noirs
Où leur venin s'égoutte,
    J'écoute
Ramper mes désespoirs !

Mes remords, bêtes mornes,
Passent en défaillant,
    Fouillant
Leurs ventres de leurs cornes,

Et des singes poltrons
A la paupière bleue
    La queue
S'enlace autour des troncs !

Amoureuse des roses
Et des œillets naissants,
　　Descends
Dans mon cœur, si tu l'oses,

Dans mon cœur dévasté,
O vivante statue
　　Vêtue
De ta seule beauté!

Sois l'amour! sois l'aurore!
Perce, rayon d'azur,
　　Le mur
De la nuit incolore!

Que sur l'ombre l'amour
Éperdu se déploie
　　Et noie
La haine dans le jour!

Et les monstres infâmes
Sentiront, sous tes yeux,
En eux
Des éclosions d'âmes!

Et, pareille au chasseur
Qui rapporte avec joie
Sa proie,
Ariane, ma sœur,

Des gouffres infertiles
Quand tu remonteras,
Les bras
Enlacés de reptiles,

La troupe des amants
Chantera sur l'ivoire
La gloire
Des sourires charmants,

2.

Et, reine aux belles poses,
On te verra, le soir,
T'asseoir
Dans les apothéoses !

Tandis que, triomphant,
Je baiserai tes roses
Décloses,
O délicate enfant

Dont le rire m'accueille,
La nuit, dans les massifs
Lascifs
D'orne et de chèvrefeuille !

LE BÉNITIER

A Léon Cladel.

L'enfer qui donne aux lys le poison des ciguës
A mis en Elle un charme exécrable et vainqueur;
Avec sa dent de neige aux morsures aiguës
Cette méchante femme a déchiré mon cœur.

Dans ma lâche poitrine elle a fait une brèche
Afin de déchirer mon cœur, et c'est son jeu
Familier d'y planter son doigt comme une flèche!
Elle a l'humeur joyeuse et ne croit pas en Dieu.

On ne la vit jamais se signer, accourue
Dans l'église à l'appel désespéré du glas ;
Lorsque les corbillards défilent dans la rue,
Elle a des mots charmants qui font rire aux éclats.

La nuit, dans les langueurs chaudes de l'insomnie,
Elle quitte parfois ma couche, et les démons
L'accueillent à la fête énorme où communie
Le peuple des damnés éperdus sur les monts !

Et quand l'aurore a terrassé la messe noire,
L'infâme dans mon cœur saignant, saignant toujours,
Afin de compléter le rit blasphématoire,
Trempe son ongle rose et se signe à rebours.

L'ENNEMIE

O toi ma vie, ô toi mes cieux,
Je hais ton front, je hais ta lèvre
Et tes yeux qui donnent la fièvre
Comme des lacs pernicieux.

Je maudis mon âme asservie
Dans tes profonds cheveux de jais,
Et, tout entière, je te hais,
O toi mes cieux, ô toi ma vie !

Mais non, je mens, tu le sais bien ;
Mon être a dans toi ses racines,
Et vainement tu l'assassines
Et tu le damnes, il est tien.

J'aime ton front, tes yeux, ta joue,
O mon enfer, ô mon trépas,
Et tes cheveux qui ne sont pas
De ces liens que l'on dénoue.

Le mal m'est doux, le joug m'est cher,
Et jusqu'au jour du cimetière
Je t'adorerai tout entière,
O mon trépas, ô mon enfer !

MARMOREA

Savez-vous un pays où la fleur a des ailes ?
Savez-vous un pays où l'aile a des parfums,
Où les roses d'avril en place d'immortelles
Fleurissent le tombeau de nos amours défunts ?

Où, sur les monts bombant l'échine de la plaine,
Le platane au tronc lisse et l'orme au pied moussu
Cliquètent, pleins d'oiseaux, de chansons et d'haleine,
Comme un grelot d'argent sur le dos d'un bossu ?

Où le flot, dans un bain de fluides étreintes,
Des baigneuses, le soir, berce la nudité ;
Où le sable du bord conserve les empreintes
Des enlacements nus pendant les nuits d'été ?

Là, parmi les buissons, rayonnante et sans voiles,
Une apparition glisse comme un follet.
— Belle fille, statue, aux deux grands yeux, étoiles
Que la Nuit laissa choir dans un ruisseau de lait,

Quel ciseleur de mots, quel sculpteur de pensées,
Que Dieu pour travailler les durs métaux créa,
Arrondira le vol des strophes cadencées
Au moule de ton sein, blanche Marmorea ?

LA DÉLICATE

J'ai conduit ma mie au village,
Parmi les bois et les prés verts ;
Au cri des vagues sur la plage
Nous avons répondu des vers.

Nous avons gravi la colline
Le long des buissons épineux,
Et sa robe de mousseline,
En passant, s'accrochait aux nœuds.

3

Sa bouche riait sur ma bouche
En devisant près du ruisseau ;
Mais son pied fait pour la babouche
Tressaillait au contact de l'eau.

Puis ce miroir, qui se rebelle,
Éraillé par les cailloux blonds,
Ne la faisait pas assez belle,
Et ma muse m'a dit : Allons !

A cheval sur un beau nuage,
Rose flocon, houppe de lait,
J'ai conduit ma mie au rivage
Où l'idéal étincelait.

Là, parmi les Édens sans voiles,
Elle cueillait d'un doigt mignon
Ces fleurs d'or que l'on nomme étoiles
Et les plantait dans son chignon !

Mais lasse, un jour, dans l'étendue
De poursuivre un follet trompeur,
A mon cou doucement pendue,
Tremblante, elle m'a dit : J'ai peur !

Alors, à la blonde volage :
O muse blonde, que veux-tu ?
Tu n'aimes pas le gai village,
Son église au clocher pointu,

Les grillons chantant sous le seigle,
Les bergers dormant sous les houx,
Et tu n'as pas les yeux d'un aigle
Pour braver le grand soleil roux !

Veux-tu, pleurant sur une tombe,
Habiller tes chansons de deuil ?
Hélas ! une larme qui tombe
Rougirait le coin de ton œil.

En fière amazone équipée,
Aimes-tu les combats sanglants ?
La sueur rouge de l'épée
Déshonorerait tes pieds blancs.

Et la belle a dit : Ce que j'aime ?
Je préfère aux ombres du soir,
Aux senteurs de la rose même,
L'ombre et les senteurs du boudoir !

Qu'autour de moi tout s'effémine !
A travers la création
J'ai des épouvantes d'hermine,
De sensitive et d'alcyon.

Mes yeux épris d'ombres choisies
Craignent le noir des vastes nuits ;
Le jour aux rouges frénésies
Offense mes tendres ennuis.

Il faut aux lieux où je repose,
Si pâle sous des rideaux bruns,
Que l'on répande un encens rose,
Qu'on m'éclaire avec des parfums.

Je veux, dans la pâte d'amande
Parfumant mes ongles, avoir
Le divan sombre où je m'étende,
Cygne endormi sur un flot noir.

A moi les robes de guipure,
Où, s'harmoniant à mon teint,
Frissonne sur la trame pure
La clarté du miroir éteint,

Et pour ma toilette éternelle,
Lorsque viendra le jour fatal,
Je veux un linceul de dentelle,
Dans une bière de santal !

3.

PUDOR

Tu ne parleras pas, ô mon âme inquiète !
Rien ne révélera ton mal intérieur :
Pas de sanglots humains dans le chant du poëte.

D'autres accepteront ce rôle inférieur ;
A défaut de vertu j'ai la pudeur des larmes
Et veux grincer des dents sous un masque rieur.

Rien ne dira parmi les stances de mes carmes
Les fruits amers sucés, les noirs calices bus,
Et mes sommeils hantés de funèbres alarmes,

Et mes rêves épris d'érotiques abus,
Ma belle soif de neige idéale, et ma haine
Pour les vulgaires cœurs affamés de rebuts !

Nul ne descend que moi dans l'horrible Géhenne
Où mes vieux désespoirs se plaignent sourdement;
Seul je connais ma faute et seul j'en sais la peine.

Si je mettais en vers mon infernal tourment,
Comme un habit de nain qu'endosse une géante
La strophe craquerait épouvantablement.

J'offre une autre pâture à la foule béante
Et laisse dans mon cœur de rapsode forain
Régner lugubrement la douleur fainéante.

Lyres et flageolets ! Racine et Tabarin !
Mes vers énamourés d'enchantements féeriques
S'envolent emportés d'un souffle zéphirin !

Je fais dialoguer dans les nuits chimériques,
Sous la lune, à travers le silence des bois,
Les poètes épris et les vierges lyriques !

Parmi les doux concerts de flûte et de hautbois
Les hanches de ma mie ont marqué la cadence ;
Canidia se mire à la source où je bois.

Et là-bas, ivre-morts, parmi la foule dense,
Les filles en délire et les ribauds damnés
Exécutent dans l'ombre une effroyable danse !

Célimène aux cheveux bellement atournés,
Avec les rimes d'or, Muse, lorsque tu jongles,
Nul ne sait (hors l'enfant qui nous a devinés !)

Que le sang de ma chair rougit encor mes ongles !

LIED

I

Nez au vent, cœur plein d'aise,
Berthe emplit, fraise à fraise,
Dans le bois printanier,
Son frais panier.

Les déesses de marbre
La regardent sous l'arbre
D'un air plein de douceur,
Comme une sœur,

Et dans de folles rixes
Passe l'essaim des Nixes
Et des Elfes badins
Et des Ondins.

II

Un Elfe dit à Berthe :
« Là-bas, sous l'ombre verte,
Il est dans les sentiers
De beaux fraisiers ! »

Un Elfe a la moustache
Très fine et l'air bravache
D'un reître ou d'un varlet,
Quand il lui plaît.

« Conduisez-moi, dit Berthe,
Là-bas, sous l'ombre verte,
Où sont dans les sentiers
Les beaux fraisiers. »

III

Leste comme une chèvre,
Berthe courait. « Ta lèvre
Est un fraisier charmant, »
Reprit l'amant.

« Le baiser, fraise rose,
Donne à la bouche éclose,
Qui le laisse saisir,
Un doux plaisir.

— S'il est ainsi, dit Berthe,

Laissons sous l'ombre verte

En paix dans les sentiers

Les beaux fraisiers ! »

CANIDIE

I

Je suis un rameau sec durci par trois hivers.
Et qui donc m'a ravi l'âme ? C'est Canidie,
C'est vous, ange fatal, charmeresse aux yeux verts !

J'ai bu tous les poisons de votre perfidie,
Et, dompté par un charme adorable et pervers,
Spectre que le tombeau lui-même répudie,

Étrange, méconnu, je me jette à travers
La fange, sous les pieds de la foule étourdie,
Fruste comme un vieux sou sans face ni revers !

Mais je veux vous maudire en quelque psalmodie
Avant que mon corps soit la pâture des vers,
Et c'est pourquoi, mon cher amour, je vous dédie

Ces poèmes sur deux rimes, en treize vers.

4

II

Blanche et vague parmi les ombres étoilées,
La Nuit au front pensif s'accoudait sur les monts,
Et l'on voyait dans l'air de sinistres volées.

Le feu follet, cette âme éclose des limons
Obscènes, près des lacs, dans les basses vallées,
Fuyait devant l'essaim nocturne des démons.

Le Succube aux yeux verts rôdait par les allées.
« Qui donc ose troubler la paix où nous dormons ? »
Chanta le chœur des morts sous les blancs mausolées.

« C'est moi, dit-il. Mon souffle a tari vos poumons,
Mais vous m'aimez encor sous les pierres scellées.
— Il est vrai, répondit la tombe, nous t'aimons. »

Le Succube, en riant, cueillit des giroflées.

III

Alors se fit entendre, on ne peut savoir d'où,
Un vieux air de chanson dont le rythme sautèle,
Et les ensevelis dansaient hors de leur trou.

« Voici Canidia la sorcière ! c'est elle
Qui nous damna jadis en nous mettant au cou
Ses deux bras, mais l'enfer est une bagatelle ! »

Ainsi disaient les morts en ployant le genou ;
Leurs suaires semblaient des robes de dentelle
Déchiquetée, ayant des teintes d'amadou.

Et moi, derrière un if dont le tronc s'écartèle,
J'ai vu cela, pensif et noir comme un hibou,
A l'heure où les esprits que Nick tient en tutelle

Chez les filles d'enfer courent le guilledou !

RENDEZ-VOUS POSTHUME

Lorsque nous serons morts, bientôt, lorsque nos mères
Jeunes hélas ! auront détesté les chimères
Qui poussent les enfants de vingt ans au tombeau,
Par un soir de janvier, pâle et glacé, mais beau,
Où la Lune comme un froid linceul semble suivre
Les ondulations des murs blêmes de givre,
Si deux amants furtifs passent, minuit sonné,
Devant ta maison vide et son jardin fané,
Ils verront sur le front mat et clair des murailles
Deux spectres que blanchit le drap des funérailles,

Très pâles, s'enlacer, comme les amants font,
En un baiser tenace, extatique, profond,
Puis, s'effarant aux bruits sinistres des nuitées
(Telles deux branches d'if ou de saule écartées
Par les souffles), se fuir l'un l'autre, et cependant
Que, seul et dans sa marche à dessein s'attardant,
L'un d'eux, oh! le plus pâle, hélas! et le plus morne,
Regagnera l'horreur des ténèbres sans borne,
L'autre, le tien, le long des murs, glisser soudain
Vers la petite porte obscure du jardin...

LE MATIN

La tenture s'est décrochée
Et l'on voit au fond du boudoir
Une femme, tête penchée
Sur un coussin de satin noir.

Elle agite un lambeau fantasque,
Écharpe folle de houri ;
A ses pieds un tambour de basque
S'endort près d'un bouquet flétri.

Sa gorge ferme, demi-nue,
Jaillit de ses voiles tombés,
La robe à peine retenue
Par la hanche aux contours bombés.

Son dos luxurieux se cambre ;
Sous le bras qui soutient son front
On voit, avec des reflets d'ambre,
Un sein bruni saillir en rond.

Sa main fine, à demi serrée,
Relevant un coin du peignoir,
Découvre sa jambe nacrée,
Ronde et blanche sur un fond noir ;

Tandis qu'une tête plus sombre,
Lèvre épaisse aux plis tortueux,
Planant sur elle, éclaire l'ombre
De sourires voluptueux.

Mais déjà, blanchissant l'alcôve
Des feux de son premier rayon,
Le soleil montrait son œil fauve
A la vitre de l'horizon,

Et les pins, branches remuées,
Là-bas, sous les cieux entr'ouverts,
Balayaient au loin les nuées
Du bout de leurs panaches verts.

FULVIA

Les filles que l'on aime et les chevaux qu'on crève
Étaient ses passe-temps, le double dévidoir
De sa vie, et l'Éden qu'il poursuivait en rêve
Eut deux compartiments : écurie et boudoir !

Mais son arabe à la crinière ébouriffée,
Son anglais au poil lisse, au robuste poitrail,
Il aurait tout donné pour sa belle coiffée
D'or luisant, comme sont les saintes d'un vitrail !

Car, dès l'adolescence, ayant, en mainte affaire,
Humanité fangeuse, appris ce que tu vaux,
Il était coutumier de dire : Je préfère
Aux hommes le cheval, mais la femme aux chevaux.

Et plus que toute femme, il aima la marquise
De Z... Il n'eut pas tort, et plus d'un l'envia ;
Car vous ne savez point quelle femelle exquise
Fut cette rousse enfant qu'on nommait Fulvia !

Elle avait l'indolence aux séduisants manèges,
L'œil cave et noir d'où sort l'éclair des chauds courroux,
Et comme des rayons de soleil sur les neiges
Le long de son corps blanc tombaient ses cheveux roux.

Ses lèvres exhalaient le frais parfum des menthes,
Son chant faisait pâmer, la nuit, les rossignols,
Et, beauté qui me charme entre les plus charmantes,
Des mains d'Italienne et des pieds espagnols !

Si bien que Fulvio devant la séductrice... ... _
Soupirait à mi-voix, de bonheur alangui :
« Ah! laisse-moi baiser, tant que je les meurtrisse,
Ta main de Camargo, ton pied d'Amaëgui! »

« Alma mia! » disait la belle aux seins d'ivoire,
Et son œil que prolonge une ligne de k'hol
Rayonnait sous les cils comme une agate noire,
Et ses veines battaient sous la peau de son col !

ÉTOILES

L'Ange des nuits sur la colline
Jette son voile déplié,
Et, perdu dans la brume fine,
Le mont chancelle et se dandine
Comme un cyclope estropié.

Là-bas, fantastique décombre,
La vieille tour du vieux manoir
Se drape dans les plis de l'ombre
Comme un bandit au regard sombre
Dans l'ampleur de son manteau noir !

Vaste fourmilière de mondes,
Le ciel, tout bigarré de feu,
Ruisselle de paillettes rondes,
Immense écrin de perles blondes
Doublé d'un large satin bleu !

Et moi, vers la nue étoilée
Je lève mes regards séduits,
Et ma fantaisie envolée
Monte et papillonne, affolée
Par les douces clartés des nuits.

Qui donc est là-haut qui secoue
Rubis et perles dans les airs ?
Serait-ce pas Dieu qui se joue
Et qui, comme un paon, fait la roue
Avec tous ces yeux grands ouverts ?

5

Le poète aime les féeries :
Peut-être, pour valser en rond,
Sont-ce de blanches Valkyries
Qui, comme en guirlandes fleuries,
Passent une escarboucle au front ?

Peut-être, ivres du suc des roses,
Quelques sylphes au vol moins sûr
Allument-ils des torches roses,
Pour regagner les portes closes
Qui défendent leurs nids d'azur !

L'Ange des nuits sur la vallée
Laisse tomber ses voiles noirs,
Et ma fantaisie envolée
Monte et papillonne, affolée
Par les douces clartés des soirs !

LE JUGEMENT DE CHÉRUBIN

A ARSÈNE HOUSSAYE.

Elles firent asseoir sur un divan de moire
Cet enfant de seize ans beau comme Chérubin,
Éprises de mêler leur chevelure noire
A ses lourds cheveux d'or parfumés comme un bain.

Leurs yeux enveloppaient d'une caresse humide
Son front rougissant comme un front de jeune miss :
Alphéos n'était pas plus beau sous la chlamyde,
Pâtre ingénu suivant la chasse d'Artémis !

Les deux femmes étaient de celles-là qu'on prise
Pour le rayonnement liliaque des chairs,
Et tel dont l'habit porte au coude une reprise
N'a jamais becqueté leurs sourires trop chers.

D'ailleurs, elles étaient très belles. Leur épaule
Aurait eu des blancheurs sauvages sous des peaux
D'ourse ! L'une avait nom Aline, l'autre Paule.
Aline et Paola tinrent ces doux propos :

PAOLA

Jeune homme, tes cheveux sont roux comme la queue
Des comètes qui vont par l'immensité bleue !

ALINE

Enfant, tes cheveux sont légers comme les fils
De la Vierge, qu'on voit au retour des avrils !

PAOLA

J'aime tes yeux luisants comme une cornaline,
Enfant, j'aime tes yeux pareils aux yeux d'Aline !

ALINE

Tes yeux sont deux éclairs qu'à la foudre on vola,
J'aime tes yeux pareils aux yeux de Paola !

PAOLA

Comme un souffle brûlant tourmente une voilure,
L'haleine de ma bouche enfle ta chevelure !

ALINE

Comme un coquelicot dans les blés, si tu veux,
Se mêlera ma lèvre à l'or de tes cheveux !

PAOLA

J'amollirai pour toi mes farouches caresses,
O jeune faon craintif qui domptes les tigresses !

5

ALINE

Je serai ta servante, ô despote charmant,
Et je te servirai délicieusement !

PAOLA

Viens ! pour dormir jusqu'à l'aurore purpurine
Tu poseras le soir tes pieds sur ma poitrine !

ALINE

Viens ! mon boudoir d'odeurs alléchantes s'emplit,
Et mon boudoir est moins parfumé que mon lit !

PAOLA

Oh ! je baise mes bras quand ton regard s'y pose !

ALINE

Laisse tomber un mot de ta bouche déclose !

PAOLA

Ma gorge se termine en boutons cramoisis !

ALINE

C'est assez : je suis belle, elle est belle, choisis !

« Mesdames, répondit alors le doux jeune homme,
Je ne saurais choisir, car vous vous ressemblez
Comme deux feuilles d'arbre ou deux étoiles, comme
Deux larmes de l'aurore à la pointe des blés ! »

Aline et Paola pleurèrent une perle.
« Des pleurs ? Par Cupido, quel cas embarrassant !
Paola, ma colombe, Aline, mon doux merle,
Baisez-moi toutes deux, si Vénus y consent ! »

LE MARCHÉ DE LA MADELEINE

Debout! le soleil caresse nos draps.
Que ne suis-je né près de Mytilène!
Allons respirer l'odeur des cédrats
Au marché qu'on tient à la Madeleine.

J'ai rêvé d'un grand château dans la plaine.
Nous étions (hélas! tu me comprendras!)
Moi, l'hôte d'un soir, vous, la châtelaine.
Debout! le soleil caresse nos draps.

Nous voyagerons lorsque tu voudras !
Nous irons en Grèce, au pays d'Hélène
Dont les bras étaient moins beaux que tes bras.
Que ne suis-je né près de Mytilène !

En Chine où les tours sont de porcelaine,
Dans l'Inde où la noire a sous son madras
Des cheveux crépus comme de la laine,
Allons respirer l'odeur des cédrats.

Mais ce n'est qu'un rêve et tu t'en riras !
Allons acheter de la marjolaine,
De la marjolaine et des gobéas
Au marché qu'on tient à la Madeleine !

———

A UN JEUNE HOMME RICHE

Jeune homme riche, aimé des Dieux,
Fuis la Muse, baise les yeux
 Des blondes!
Garde-toi des rêves amers
Et ne tente jamais les mers
 Profondes!

Va, triomphe parmi le chœur
Des filles blanches dont le cœur
 Bat vite!
Fais l'amour, nous ferons les vers;
Idalie aux bocages verts
 T'invite.

Cependant je mêle mon cri,

Loin des jardins où la houri

Te baise,

Aux sanglots des joueurs de luth,

Applaudissant qui donne l'ut

Dièse !

Mes destins sont pareils au leur ;

Notre muse, c'est la douleur

Sans trève ;

Ils ne sont pas ce que tu crois,

Ces Jésus qui portent la croix

Du rève !

Le soir, sous le ciel endormi,

Quand tu vas écouter parmi

La brise

Le gazouillis charmant du flot

Qui sur la grève d'un îlot

Se brise,

Le roc a-t-il trouvé des mots,
Enfant, pour te conter les maux
　　　Qu'il souffre,
Sentant son granit se creuser
Sous l'impitoyable baiser
　　　Du gouffre ?

Que t'importe ! chasse, aime et bois ;
La gazelle à l'ombre des bois
　　　Gambade.
Fou de champagne ou de porto,
Jette de l'or sous le râteau
　　　De Bade !

Quitte les soins dont tu t'émeus.
N'as-tu pas les vins écumeux,
　　　L'ivresse,
Ton arabe qu'un dey dompta
Et les cheveux luisants de ta
　　　Maîtresse ?

Et sa cheville à l'os très fin,
Qu'un incroyable brodequin
     Étrangle,
Et sa gorge couleur de lait,
Cette seule rondeur qui n'ait
     Pas d'angle?

IMPERTINENCE

Gil Blas aventureux partis pour Salamanque,

A chaque hôtellerie ouverte nous soupons ;

Et qu'importe si, grâce aux muletiers fripons,

Dès le premier relais, c'est l'argent qui nous manque?

Hardis et côtoyant les abîmes ouverts,

Nous partons, vaisseaux las de demeurer en rade ;

Puis un soir, ayant lu Musset ou Benserade,

Nous raffolons du jeu, des femmes et des vers !

Imitant les poussins qui brisent leur coquille,
Nous remplissons l'écho de petits cris joyeux.
La sœur de Raphaël a de si jolis yeux !
Mais Raphaël nous vole et l'ange se maquille.

Les désillusions nous prennent par la main :
Jeanne doit sa pâleur ivoirine aux chloroses,
Et le baiser d'Aline a les lèvres si roses
Que la moustache en garde un cercle de carmin !

L'ASILE

Frère, s'il vous survient quelque douleur profonde,
Si la maîtresse en qui votre avenir se fonde,
Un soir, nue et farouche et les cheveux épars,
Se rhabille à la hâte en s'écriant : Je pars !
Et si, malgré vos pleurs de rage, elle vous laisse
Seul comme un chien perdu qui traîne encor sa laisse
Et hurle sous le ciel épouvanté des nuits,
O cher désespéré, pour guérir vos ennuis,

N'allez pas décrocher de cette panoplie
Un poignard dont la lame étincelante plie ;
Gardez-vous d'acheter à quelque charlatan
Une drogue et de dire à votre âme : Va-t'en !
Comme un lâche qui craint de subir sa torture,
Allons ! prends la besace et boucle ta ceinture
Et pars ! Inaperçu, de nuit, comme un voleur,
Il faut chercher quelque désert où ta douleur
Ait son affinité secrète qui l'apaise,
Où, lorsque le matin colore la falaise,
Se reflète, parmi les flots du gouffre amer,
Un ciel profond et bleu comme une belle mer !

Je sais une maison sinistre, inhabitée.
Malgré l'effarement de la longue nuitée,
Les mendiants douteux cachés dans les blés mûrs
Ne tentèrent jamais d'escalader ses murs.
Un lion dont la pluie a décrépi le buste
Veille dans la ramée éparse d'un arbuste,
Et, morne, sur le seuil, la niche de vieux bois
Qui n'a point oublié l'hôtesse aux doux abois
Accueille tristement les chiennes vagabondes.

6.

Maladif, à travers les herbes moribondes,

Le bluet où l'aurore attache un diamant

Se courbe vers le sol mélancoliquement;

Les nids abandonnés sous la brique des frises

Ne mêlent plus de voix à la chanson des brises;

Sous les saules pendants comme des oripeaux,

Dans la nuit d'un cloaque infâme, les crapauds

S'épouvantent au bruit de la feuille qui tombe;

Et c'est une maison triste comme une tombe.

O calme! ni hameau ni chaumière à l'entour;

Point d'église gothique avec sa vieille tour

A l'horizon, là-bas, parmi les brumes blanches;

Point de légers moulins aux quatre ailes de planches

Qui semblent deux ramiers jaloux se poursuivant

Éperdus dans le vol circulaire du vent;

Rien que la lande égale à la mer sans rivages,

Où, rampante parmi les bruyères sauvages,

La grande louve hurle horriblement la faim;

Rien que la mer pareille à la plaine sans fin,

La mer échevelée, aux fracas métalliques!

Et les rondes, la nuit, des bêtes faméliques

Poussent dans le désert des cris d'agonisants,

Et le flot qui se rue à l'assaut des brisants

Avec le râle affreux d'un monstre qui suffoque,
Roule suant et lourd comme un ventre de phoque !

Si ton cœur se déchire et fuit la guérison,
C'est là qu'il faut aller, mon frère. La maison
N'a plus de maître, et nul n'a refermé l'entrée
Depuis que l'hôte ancien, dont l'âme est délivrée,
Y reçut un passant formidable, la mort !

Oh ! c'est un souvenir qui jamais ne démord,
D'avoir en son réduit lugubre vu cet hôte !
Le désespoir avait courbé sa taille haute ;
Hâve, le front ridé comme le front d'un vieux,
Le blasphème à la bouche et les pleurs dans les yeux.
Il parcourait sans fin la salle ruinée,
Et, parfois, accroupi devant la cheminée,
Il consumait les jours et les nuits sans sommeil,
Ne sachant si c'était la lune ou le soleil
Qui luisait à travers les fenêtres mal jointes,
Et, quand sifflait la bise aux fouets armés de pointes,
Oubliant, sous le poids de son rêve engourdi,
De jeter une bûche au landier refroidi !

A cette heure la place est libre : va la prendre !

Et moi-même, le front déshonoré de cendre,

Les pieds nus, comme sont les pèlerins, un jour

J'apporterai mon cœur meurtri par une amour

Fatale, dans la paix de cette solitude.

Je laisserai s'abattre enfin mon attitude

Orgueilleuse, et, pareille à quelque horrible fleur,

Tu t'épanouiras dans l'ombre, ô ma douleur !

Au milieu de la nuit et des silences graves,

Tu pousseras ton noir branchage sans entraves !

Tes racines toujours plus avant dans ma chair

S'enfonceront ainsi que des vrilles de fer,

Et mon sang, et mon sang les gonflera de sèves !

Tant qu'à la fin, hanté d'inexprimables rêves,

Pâli sous ton étreinte, ivre de tes parfums,

Je m'endorme à côté de mes espoirs défunts...

Car je t'aime à jamais, ô douleur, ô farouche

Amoureuse ! et j'unis mes lèvres à ta bouche.

Par toi l'âme s'exhale en cris mélodieux,

Et les désespérés sont semblables aux dieux !

ÉPILOGUE

La tombe et la nuit m'ont quitté.
Vienne la femme qui s'émeuve
Sous mon baiser ressuscité !

J'étais pareil au lit d'un fleuve
Dans les jours brûlants de l'été,
Sec et morne, attendant qu'il pleuve ;

L'ennui du mal m'avait hanté ;
Mais j'ai triomphé de l'épreuve
Et rompu le joug détesté.

Mon désir de nouveau s'abreuve
Aux pures sources de beauté,
Et je répands mon âme neuve

Dans un amour illimité !

SONNETS

A Théodore de Banville.

NOTE BIBLIOGRAPHIQUE

Les *Sonnets*, qui, pour la plupart, parurent d'abord dans *la Revue fantaisiste*, firent partie de *Philoméla* (1863). Ils ont été successivement réimprimés dans *les Poésies de Catulle Mendès* (Sandoz et Fischbacher, 1876) et dans le second des sept volumes intitulés *les Poésies de Catulle Mendès* (Ollendorff, 1885, et Dentu, 1886).

LE VAINCU

Les cygnes ont chanté sous l'ongle des milans,
Et le sein de Cypris porte une rouge entaille.
Je suis un des vaincus de la grande bataille
Qui se livre ici-bas depuis mille et mille ans!

Cependant que la Nuit lâchait sa valetaille
Ténébreuse, les Dieux, les Dieux étincelants,
Vêtus de neige et d'or, magnifiques et blancs.
M'ont dit : « Vas, et ramasse une armure à ta taille. »

Alors, dans la mêlée où le Ciel doit plier,
J'ai conquis à mon tour la gloire des défaites
Et je meurs, sans avoir jeté mon bouclier.

Et les vierges, plus tard, illustreront de fêtes
La place où je tombai sous la main des bourreaux,
Formidable et charmant comme un jeune héros!

CALONICE

Sur la grande galère à quatre rangs de rames,
Calonice ramène une fille d'Asie
Qui, nue et frissonnante et belle, s'extasie
De fouler des tapis de pourpre aux rouges trames.

« O vierge, dit la Grecque, entre toutes choisie
Pour apaiser mon cœur percé de mille lames, ,
Tu connaîtras le sens des longs épithalames
Et de mon amitié la chaste hypocrisie! »

Dans l'air, à ce moment, on vit deux hirondelles
Caresser les cheveux épars des fiancées,
Et la brise chantait : Hyménée! autour d'elles

Mais la lune baisa les vagues balancées,
Et tu parus, le front couronné d'asphodèles,
O nuit, ô blanche nuit, ô nuit mystérieuse!...

A CANIDIE

Amie au sombre cœur dans le mal égaré,
Ton front n'est point pâli comme le front des veuves,
Ta douleur a le calme imposant des grands fleuves,
Et tu ne pleurais pas le jour où j'ai pleuré.

Ton vaste orgueil s'étale au-dessus des épreuves
Comme au sommet des monts un beau lac azuré;
Tu portes, souriante et le pas mesuré,
Tes nouveaux désespoirs comme des robes neuves.

Rien ne peut entamer ton cœur de diamant!
Dieu lit, dans le serein éclat de ta prunelle,
L'irrémissible vœu de l'endurcissement.

Moi, je te suis de loin vers la nuit éternelle,
Et, perdu dans l'horreur de ton rayonnement,
Je m'abîme en ta chute, ô grande criminelle!

INVITATION A LA PROMENADE

Poète frivole, épris des musées
Et des rouges fleurs en papier gommé,
Tu n'as jamais vu que de tes croisées
La verte splendeur du mois embaumé.

En vérité, ceux qui font des risées
Sur le doux printemps n'ont jamais aimé.
Mouillez ma bottine, ô fraîches rosées
Du bois où bourgeonne et gazouille Mai !

Belle fleur, dis-moi la bonne aventure !
Ah ! mon amoureux, il n'est rien de tel
Que de voir au vent flotter ma ceinture.

De mon doigt rosé comme en un pastel,
Je veux te montrer l'éclat immortel
D'un site charmant comme une peinture !

LE JAPACANI

Sous l'évasement noir de quelque grand platane,
Comme un japacani dans les feuilles niché,
Ayant sous mes talons tout ce qui luit ou plane,
Je veux dormir, au nid de mon désir couché !

Je veux que l'on me tresse un hamac de liane,
Que l'haleine des fleurs baise mon front penché,
Et, caressante, éveille une chanson persane
Sur mon luth qui frissonne à ma droite abranché !

Que mon narguilhé d'or s'allume, et que dans l'ombre
En jaillisse, à la fois éblouissant et sombre,
Le tourbillonnement des rêves inouïs ;

Que de vous la plus belle, ô houris de ma couche,
Butinant des senteurs de femme à chaque bouche,
M'apporte en un baiser tous vos baisers unis !

7.

SUR LES COLLINES

Chère âme, nous irons sur le haut des collines,
Nous verrons de plus près sous les cieux moins pesants
Les nuages pareils aux blanches mousselines
Qui flottent sur le cou des filles de seize ans.

Plus douce que la voix douce des mandolines,
Ta parole épandra ses charmes bienfaisants,
Et dans les buissons verts où sont les avelines
Tes deux yeux brilleront comme des vers luisants.

Pleins de joie à travers la nuit élégiaque,
Le front auréolé d'un pâle demi-jour,
Nous gravirons les pics couronnés d'ombre opaque ;

Et l'on dira, voyant ton lumineux contour,
Que les Anges vêtus d'air paradisiaque
Descendent sur les monts pour y faire l'amour !

LA RUINE

Mon âme était pareille aux ruines antiques,
Débris désespérés des monuments déchus :
Le lierre y cramponnait ses mille doigts crochus
Et des chœurs de serpents sifflaient sous les portiques.

On voyait s'accroupir dans les ravins branchus
La sorcière attentive à d'infâmes pratiques,
Et des démons pareils à des épileptiques
Crevassaient la muraille avec leurs pieds fourchus.

Mais l'œil de ma maîtresse a lui dans ce dédale ;
Elle a soigneusement défriché les moellons,
Tué chaque serpent, nettoyé chaque dalle ;

Et maintenant, fermée au choc des aquilons,
Mon âme est une grande église synodale
Où j'adore sans fin ma sainte aux cheveux longs !

CANIDIE

Lueur faite de nuit, perle faite de boue,
Remords de la vertu, sérénité du mal,
Morsure qui caresse et baiser qui tatoue,
Créature divine et basse, être anormal,

Canidia, mon cœur t'aime et mon vers te loue,
Car ton souffle est plus pur que le vent aromal,
Et le long pleur d'amour dont se mouille ta joue
Te lave du péché comme un flot baptismal.

C'est mon rêve divin pendant la nuit songeuse :
Voir resplendir, les soirs, ton épaule neigeuse
Comme un lys, dans le fond du boudoir endormi,

Et plus tard, quand le temps aura roulé ses ondes,
Au delà de la mort nous égarer parmi
Les poètes épars dans des harems de blondes !

UNE VOIX

Ce soir, quand j'eus commis cette action funeste
Pour une femme indigne et que je n'aime pas,
Sur le seuil désormais interdit à mes pas
Une voix lamentable a pleuré ce mot : Reste !

Je suis parti, grinçant des dents, tordant mes bras,
Frappant du poing ce cœur que la gangrène infeste,
Et me suivant ainsi que Tisiphone Oreste,
Presque éteinte : Reviens ! disait la voix tout bas.

Alors, chétif, j'ai bu des forces dans ma gourde !
Livrant ma tête aux vents et mon âme au démon,
Je me suis redressé malgré ma tête lourde.

Et quand j'eus dit enfin : Les dés sont jetés, non !
Derrière, dans la nuit, la voix lointaine et sourde
Me rappelait encore en soupirant mon nom.

LA TRAVERSÉE GALANTE

A UNE JEUNE DAME QUI ME VOULAIT PERSUADER
DE FAIRE UN VOYAGE AUX ILES

Tout est bien. Je ne veux pas mieux.
Bouche de fleur, doux œil d'étoile,
Ton souffle suffit à ma voile,
Ton rayon suffit à mes yeux.

Que les Jasons ambitieux,
Vers l'horizon qu'un brouillard voile
Cherchent, en déployant leur toile,
D'autres terres sous d'autres cieux !

Je navigue dans des parages
Que troublent parfois, seuls orages,
Tes courroux qu'on peut apaiser ;

Et ma plus longue traversée,
Au cap du Désir commencée,
Aborde à l'île du Baiser !

SONNET DANS LE GOUT ANCIEN

POUR LA MÊME DAME QUI AVAIT RÉSOLU DE FAIRE PÉNITENCE
DE SES FAUTES ET DES MIENNES

Quoi! Philis, sommes-nous fâchés?
Vous jurez, bouche écarlatine,
De vous rendre bénédictine
Pour vous laver de vos péchés!

Oyant cela sous la courtine,
Les petits Amours débauchés
Veulent fonder des évêchés
Dans la Cythère libertine.

Ainsi soit-il! Mignonne, adieu!
Si vous tenez votre promesse,
Le couvent sera tôt en feu;

Selon les rites du Permesse,
Amour y sera le seul Dieu
Et les Grâces diront la messe!

LES INGÉNUES

Elles aiment le bal aux folâtres cadences,
La valseur dont les yeux s'enivrent de leurs yeux,
Et, le cerveau troublé d'espoirs délicieux,
Elles gardent, la nuit, le souvenir des danses.

Elles se font tout bas de longues confidences
A propos d'un passant à l'air victorieux,
Et leur discours empli de riens mystérieux
Chante avec les oiseaux parmi les rameaux denses.

O charme! avoir quinze ans pendant le mois de mai!
Sentir éclore en soi par un doux sortilège
Les fleurs que l'on envie au jardin parfumé!

N'avoir point de soucis dont le cœur ne s'allège,
Et recevoir, furtive, avec un œil pâmé,
Le baiser d'un cousin qui revient du collège!

LA NONNE

Le cloître haut-bâti parmi les avalanches
Élève ses clochers pointus comme des mâts ;
Dieu, par les prés de neige et les champs de frimas,
Fait paître le troupeau de ses ouailles blanches.

Le voile sur le front, la corde sur les hanches,
La procession passe en réguliers amas.
Hélas ! sœur de ma sœur, ô seule qui m'aimas !
Ton lit, comme un cercueil, est fait de quatre planches.

Le scapulaire au col et le cilice aux reins,
Tu savoures la paix grave du monastère,
Selon le rite, au bruit des lugubres airains.

Moi, je m'enivre encor des choses de la terre :
Souviens-toi du pécheur dans tes rêves sereins,
O femme qu'assainit un jeûne salutaire !

FRÉDÉRIQUE

Un soir, en visitant la vieille cathédrale
Gothique dont j'aimais les clochetons sans pairs,
Au bas de l'escalier qui se tord en spirale
Je te vis, ô ma pâle Allemande aux yeux pers !

Lasse, tu t'accoudais à la pierre murale,
Pauvre ange endolori tombé des cieux aperts !
Et ton regard tout plein de candeur aurorale
Éclaira doucement la nuit où je me perds.

Goutte de miel échue à mon âpre calice !
J'aspirai parmi l'air qu'embaume l'encensoir
Tes cheveux odorants comme un acacia.

Tu priais, à genoux sur une pierre lisse,
Et près de toi, dans l'ombre, étant venu m'asseoir,
Je te dis : Liebst du mich? tu me répondis : Ia!

L'AMOUR FATAL

Donc tu le veux, chère âme aux dangers obstinée ?
Le gouffre où nous allons, hélas ! je te le dis,
C'est l'Éden ténébreux, c'est l'Enfer-Paradis :
Je suis perdu, ma sœur, et vous êtes damnée !

Vous détesterez l'heure où votre amour est née
Car le ciel punira mes élans trop hardis,
Et l'enchevêtrement de mes destins maudits
Brouillera les fils d'or de votre destinée !

C'est de tisons d'enfer que mes désirs sont pleins !
Il faut que j'y succombe et que tu t'y soumettes :
Pauvre fille ingénue et calme, je vous plains !

Le rouge de la honte ignore mes pommettes,
Et je frappe du pied les plus hideux tremplins
Pour atteindre le vol énorme des comètes !

VIDUITÉ

Je suis pareil à ce nid d'hirondelle
Qui resta vide au retour des hivers ;
Sous les grands toits que la neige a couverts
Plus de baisers, de chants, ni de bruits d'aile.

Je suis pareil à cette citadelle
Abandonnée après de longs revers,
Murs dégradés, par la mitraille ouverts,
Et que le temps à son tour démantèle.

Mais, le nid veuf, la brise le ravit ;
Le mur s'écroule enfin, la place forte
Est un rocher que le passant gravit ;

Moi seul j'attends un souffle qui m'emporte :
Depuis longtemps déjà mon âme est morte,
Et mon cadavre obstiné me survit !

CHIMÈRES

Il planait dans l'éther, cet océan sans grève,
Traînant l'humanité comme un boulet honni,
Dans l'infini du ciel immensité du rêve,
Immensité du ciel sur le rêve infini !

Le reptile vaincu rampe et meurt aux pieds d'Eve,
Mais le lys adorable au chardon s'est uni ;
Isis a décoré de fleurs son col bruni,
Mais l'arbre de la vie, hélas ! n'a plus de sève.

Pêcheur, as-tu cueilli là-bas les coraux blancs ?
Corill', as-tu glané, sous les épis tremblants,
Les coquelicots bleus, les marguerites rouges ?

Dormez, béants au jour, ô lazzaroni nus !
Qui donc nous éteindra les lanternes des bouges,
Pour laisser luire enfin les soleils revenus ?

LE THÉ

Je n'ai jamais aimé cette ivresse bruyante
Qui dérange les plis de notre dignité;
La grande Muse porte un péplum bien sculpté
Et le trouble est banni des âmes qu'elle hante.

L'observance du rite et la sobriété
Décorent tes amants, ô Muse triomphante!
Pourtant, dans les langueurs que la veillée enfante,
Ma débile nature aime l'abus du thé.

La porte close, afin que nul importun n'entre,
Je bois la liqueur chaude et me couche à plat ventre
Dans mon alcôve ainsi qu'une bête en son antre;

Tandis qu'une amoureuse aux baisers vipérins,
Blanche comme l'étoile éprise des marins,
Se fait un oreiller frémissant de mes reins.

TEN-SI-O-DAI-TSIN

Ten-si-o-daï-tsin, Lumière souveraine,
Tu pörtes un ruban d'étoiles à ton cou,
Et le rouge soleil qui luit sur Naïkou
N'est qu'un de tes regards, ô prunelle sereine !

Mais tu hantes parfois la Grotte souterraine,
Et le haut ciel revêt, sous le vol du hibou,
La désolation sinistre d'un grand trou
Sans bornes et qu'aucun rayon ne rassérène !

Mon âme sur qui pèse un étrange sommeil,
Mon âme aussi, de l'ombre hôtesse coutumière,
A des nuits sans étoile et des jours sans soleil.

Je voudrais te revoir comme à l'aube première
Et baiser chastement ton sidéral orteil,
Ten-si-o-daï-tsin, souveraine Lumière !

SPLEEN

Fatalité, dis-tu ? mot vague,
Le désespoir seul est certain.
Le suicide clandestin
Serait un port parmi la vague...

Jadis on osait par la dague
Se délivrer un beau matin,
Ou boire l'oubli du destin
Au chaton royal d'une bague !

Mais en ce siècle de raison
Il n'est que deux morts de saison :
La noyade ou la pendaison.

Va donc, pauvre homme, et fais ton livre
En priant Dieu qu'il te délivre :
Mourir est bête, autant que vivre !

LE GLACIER

Les lacs où, le matin, passent des brouillards bleus
Se couvrent en hiver d'étincelantes glaces;
Les hardis patineurs, aux jambes jamais lasses,
S'élancent en troupeau vers les monts nébuleux.

Mais les lacs n'aiment point que leurs belles surfaces
S'écaillent sous les pas de ces rustres frileux;
Souvent le clair miroir se dérobe sous eux,
Puis les glaçons disjoints reviennent à leurs places.

Tel est mon cœur, glacier sur des volcans éteints!
Le doute, les remords, les espoirs incertains,
Le déchirent sans cesse avec de durs patins.

Parfois il bâille, alors tout s'abîme en un gouffre
Qu'emplit l'exhalaison d'une mare de soufre;
Et toi seul, cœur profond, tu sais ce que je souffre!

CANIDIE

Maîtresse, il faut de l'air aux ailes de ma joie !
Tu jetteras demain, dès l'heure où l'aube naît,
Ton manteau de drap fin sur ta robe de soie,
Et nous irons revoir le bois du Vésinet.

Le fleuve a son courant, le pèlerin sa voie,
La colombe a son nid qu'elle seule connaît ;
Mes frères, nous allons où le ciel nous envoie !

Je te voudrais sans tache et je te sais infâme,
N'importe ! Je t'adore et cède au mal vainqueur ;
C'est mon destin d'aller me brûler à ta flamme,
Je subis gravement l'arrêt du sort moqueur.

Et je dirai plus tard, insoucieux du blâme :
Elle n'avait pas d'âme et n'avait pas de cœur,
Mais elle avait des sens qui valaient mieux qu'une âme.

L'ÉPHÈBE

Jeune homme, sur ton front neigeux comme l'hermine,
Ta chevelure allume un céleste halo ;
Ta joue immaculée où l'incarnat domine
Eût ravi cet amant des roses, Murillo !

A l'époque païenne où Narcisse chemine,
Amoureux de ses pieds d'ivoire, au bord de l'eau,
La Grèce eût reconnu, voyant ta belle mine,
Le frère de Diane ou la sœur d'Apollo !

Mais, ces fronts éclatants de lueurs souveraines,
Les Dieux sont en mépris, les Dieux sont au tombeau :
Le nocher n'ouït plus la chanson des Sirènes ;

Le ceste de Vénus est un vague lambeau ;
Toi seul, posthume enfant des époques sereines,
Tu portes fièrement la honte d'être beau !

PANTÉLEIA

A Charles Baudelaire.

NOTE BIBLIOGRAPHIQUE

———

Pentéleïa, qui parut dans *la Revue
fantaisiste*, fait partie de *Philoméla*
(1863). Ce poème a été successivement
réimprimé dans *les Poésies de Catulle
Mendès* (Sandoz et Fischbacher, 1876)
et dans *les Poésies de Catulle Mendès*
(Ollendorff, 1885, et Dentu, 1886).

Des murmures lointains s'élèvent des rivages ;
L'écho répète, oreille et bouche des grands monts,
Les fiers hennissements des cavales sauvages !

Une ardeur dévorante a séché les poumons
Du troupeau qui se cabre en masse échevelée,
Et leurs yeux sont pareils à des yeux de démons !

Le poitrail palpitant, l'encolure renflée,
Elles fouillent le sol de leurs naseaux sanglants ;
Plus promptes que ne va la sagette envolée.

Elles vont, sans relâche! et les sveltes élans
Qui franchissent les blés sans en courber les tiges,
Et les fins léopards auprès d'elles sont lents !

Le vent et la poussière effacent leurs vestiges ;
Devant ce tourbillon sombre comme la nuit,
Les immobilités sont prises de vertiges.

Vol effréné, torrent d'épouvante et de bruit,
Où vont-elles, où va le troupeau des cavales ?
La montagne s'ébranle et la forêt les suit !

C'est que voici le temps des fureurs estivales,
L'instant du rut. L'appel lointain de l'étalon
Fait tressaillir d'amour les superbes rivales,

Et le désir leur met des ailes au talon !
Leur amant est là-bas, parmi les herbes jaunes,
Derrière ces taillis qu'émonde l'aquilon,

Rêveur, sur le penchant des monts aux vastes cônes,

Où, seuls, dans les sapins frémissants comme un luth,

Les aigles rois ont fait leurs nids qui sont des trônes ;

Et sans cesse enivré d'amour, cherchant le but,

Par les rudes chemins et sous le ciel en flamme

S'élance le troupeau des cavales en rut !

Pareils, durant ces nuits où l'être entier se pâme

Sous les baisers ardents de la Muse, pareils,

Vers l'Idéal lointain nous allons, ô mon âme !

Nous allons, éveillés des terrestres sommeils ;

Notre élan, qui s'accroche à des broussailles d'astres,

Ainsi que des cailloux fait rouler les soleils !

Vers un palais d'argent aux lumineux pilastres

L'étoile d'Orion nous guide, clair flambeau ;

Le lest humain s'écroule en ténébreux désastres ;

De la vie échappé sans entrer au tombeau,
L'homme plane, et l'amour, rut de l'âme extatique,
S'échauffe à la splendeur fécondante du Beau !

Les Édens parfumés comme un bois de l'Attique,
L'aire où plane l'autel du mystique Baal
S'ouvrent, et nous passons, tourbillon frénétique !

Le Lyrisme mugit comme un vent boréal.
Dans l'alcôve d'azur que l'étoile bigarre,
L'âme un instant s'accouple au farouche Idéal,

Puis enfin, retombée à terre, aile d'Icare,
Nostalgique du Beau qu'elle entrevit ailleurs,
Garde un divin amour, où le rêve s'égare,

De l'étoile et du ciel, de la femme et des fleurs !

★

Cypris, fille de l'onde, adorable chimère,
Immortelle aux yeux noirs, Reine au cœur indulgent,
Qui mires ta beauté dans les hymnes d'Homère,

Tu courbais sous tes lois les grands monstres nageant
Près des rochers moussus où Molpéa repose,
Et les bêtes des bois léchaient tes pieds d'argent !

Et les oiseaux, légers habitants de l'air rose,
Dont notre œil sous la nue à peine suit l'essor,
La blonde mélissette au sein des fleurs éclose,

La gazelle qu'au fond des bois trouble le cor,
A tes travaux charmants soumis avec délices,
T'adoraient, vierge auguste à la couronne d'or !

Sur la crête des monts, Diane aux jambes lisses,
Qui, fière et dédaignant le chœur mélodieux
De ses Nymphes, conduit les aboyantes lices

Dans le bois où l'attend le Faune insidieux,
N'évita point ton joug, ô terrible Aphrodite !
Et par toi les désirs naissaient au cœur des Dieux.

Les hommes enfouis dans leur fange maudite
S'agenouillaient en foule à tes autels divins ;
Le débauché qui rit, le sage qui médite,

Le poète qui va, troublé de songes vains,
Écouter la chanson des brises parfumées
Et respirer la nuit douce dans les ravins,

Le conquérant farouche, enivré de fumées,
Le bandit qui s'embusque au détour du chemin,
L'hétaïre au péplum agrafé de camées,

Les vierges, la bacchante aux lèvres de carmin,
Au col enguirlandé de pampres, et, dans l'ombre,
Les filles de Lesbos qui se tiennent la main,

Les gais adolescents, les vieux à l'âme sombre,
Ceux qui vont à la nuit, ceux qui viennent au jour,
A travers tous les temps, dans tous les lieux, sans nombre,

Qu'ils aient, à l'heure pâle où s'éveille l'amour,
Vu l'aube redorer les montagnes d'Asie
Ou faire étinceler les glaciers de Kear-Mour ;

Qu'ils aient brûlé leur âme aux genoux d'Aspasie,
Ou nourri de leurs cœurs les filles de Paris,
Ces succubes divins que rien ne rassasie,

En ce temps où le musc et la poudre de riz
Attachent aux jupons soyeux des amoureuses
Le troupeau suppliant des jeunes gens épris ;

Tous, la poitrine sèche et les lèvres fiévreuses,
Par les mille sentiers que l'homme se fraya
Sur les sommets brûlants, dans les plaines poudreuses,

Dévorés d'une soif dont plus d'un s'effraya,
Tous buvaient ta splendeur, ô beauté surhumaine,
Aphrodite, Astartè, Madeleine, Freya !

Mais Astartè, Freya, Vénus et Madeleine
Ont dédaigné l'amour des hommes, et, le soir,
Lorsque vers les hauteurs monte l'ombre sereine,

Sur une cime, ensemble, elles vinrent s'asseoir...
Le souffle qui passait les surprit enlacées,
Et, blanches, les porta vers le firmament noir.

Elles prirent plaisir, les belles fiancées,
A regarder la nuit d'étoiles s'iriser ;
La nue enveloppa leurs formes balancées,

Et, pâles, savourant l'extase du baiser,
On vit leurs corps épris, ceints d'une lueur blonde,
Lentement se confondre et se vaporiser !

Il ne demeura plus qu'une écume féconde,
Blanche vapeur parmi l'air immatériel,
Et, surpassant Vénus, perle éclose de l'onde,

Pantéleïa naquit de l'écume du ciel !

Pantéleïa, flocon d'azur, je vous salue !
. Dans le bois où les vents mugissent en courróux,
Au pied de la montagne énorme et chevelue,

Sur les rocs sourcilleux, dans les taillis de houx,
Dans l'antre où, sur des tas d'ossements verts de mousse,
Rêve paisiblement l'auguste lion roux !

Près du ruisseau jaseur qui suit la pente douce
Des coteaux à travers les bleus myosotis,
Sur le pic où l'éclair, lame de feu, s'émousse,

Dans l'ombre où les serpents, brisant les feuilletis,
Près des restes broyés d'une louve poilue
Digèrent; par le chaud soleil appesantis !

Partout où sous le ciel la Mère mamelue
Fait pulluler la bête et fait germer les glands,
Pantéleïa, flocon d'azur, je vous salue !

Vous n'avez pas laissé, Reine, vos talons blancs
Se poser sur l'autel d'où notre encens s'élève,
Et nul n'a vu s'ouvrir vos yeux étincelants !

Ceux qui portent le luth, ceux qui tiennent le glaive
Auraient pu vous chanter et mourir à vos pieds ;
Vous n'avez pas voulu, nul ne sait votre rêve !

Nul ne sait vos amours vainement épiés !
Mais, un soir, l'œil épris de ténébreux problèmes,
Au-dessus de la ville éteinte vous planiez ;

10

A l'heure où le désir impur, gros de blasphèmes,
Joint les hommes sans force aux femmes sans beauté,
Votre parole émut les crépuscules blêmes!

« Je ne descendrai pas de ma sérénité
Hautaine, pour poser mon talon dans la fange,
Et nul ne me verra dormir à son côté.

Nulle voix parmi vous ne dira ma louange,
Et nul n'arrachera de mon cœur les aveux!
Chétifs, que pourriez-vous me donner en échange?

Vainement sur l'autel l'encens avec les vœux
S'élève, éparpillant de suaves aromes;
Plus doux est le parfum qui sort de mes cheveux!

Les pilastres d'argent qui soutiennent les dômes
Sont moins beaux que le cèdre au fond des creux ravins;
Les arbustes des bois sacrés n'ont pas les baumes

Qui s'écoulent en pleurs de mes membres divins;
Je ne veux pas m'asseoir sur la cime du temple,
Et je n'inspire pas la voix de vos devins!

Sous la roche profonde et parmi la nuit ample,
Immobile, à travers la fureur des vents noirs,
Dans ma solennité, seule, je me contemple.

La nuit, les amoureux, dans les doux promenoirs,
Enlacent mollement leurs bras et leurs pensées;
J'ignore les plaisirs comme les désespoirs.

Les hymnes du poète, aux lenteurs cadencées,
Exaltent la valeur des jeunes hommes bruns,
Et chantent vos vertus, ô pâles fiancées!

Mais les rythmes du luth me seraient importuns;
Tous les peuvent entendre, et ma soif d'ambroisie
Ne veut pas s'assouvir aux abreuvoirs communs.

Vous passez aux genoux de la femme choisie
Les sombres jours d'hiver, les claires nuits d'été;
Ruisselante d'amour, votre âme s'extasie!

Si je daignais un jour en votre obscurité
Luire, vous laisseriez vos plus chères amantes;
Mais votre amour n'est pas digne de ma beauté. »

Elle dit, et les bois, où grondent les tourmentes,
La revirent, lassée et croisant les genoux,
S'étendre mollement sur les gazons de menthes.

Dans les antres moussus, dans les taillis de houx,
Au pied de la montagne énorme et chevelue
Où vague lentement l'auguste lion roux,

Pantéleïa, flocon d'azur, je vous salue!

★

Le grand lion disait : « Vois, tes cheveux sont blonds,
Et comme toi je porte une crinière blonde ;
Pantéleïa, je t'aime et nous nous ressemblons !

Comme tes yeux reluit ma prunelle profonde ;
Ta marche lente imite en ses balancements
Mon allure pareille aux mouvements de l'onde.

Si tu voulais m'aimer, perle des diamants,
Tu poserais tes pieds sur mon échine rousse
Sans crainte, et je serais le plus doux des amants !

10.

Pour te parler d'amour, ma voix qui se courrouce
Trouverait des accords divins, et, sur le sol,
Humble, je lécherais l'ongle blanc de ton pouce! »

L'aquilon qui passait interrompit son vol,
Et dit : « Pantéleïa, je vous aime! La brise
D'un moins tendre baiser frôlerait votre col.

Je vous aime! laissez à mon haleine éprise
Le soin de dénouer vos cheveux! Mais ton cœur
Est plus dur que le roc où mon élan se brise!

Si mon souffle pouvait attiédir ta rigueur,
Si tu voulais m'aimer, blanche parmi les blanches,
Tu suivrais dans les airs mon tourbillon vainqueur,

Je te soulèverais doucement par les hanches,
Et seuls, à la hauteur sereine des glaciers,
Nous irions voir rouler les grandes avalanches! »

Le serpent, dont les nœuds pareils à des aciers
Luisent, disait, caché parmi la pâle mauve :
« Je rampais après vous partout où vous passiez ;

Je respirais, la nuit, dressant ma tête chauve,
Les émanations de vos seins onctueux !
N'écoutez pas le Vent, fuyez le Lion fauve,

Je suis plus fort que lui, je suis plus vite qu'eux,
Et moi seul je pourrai vous donner la caresse
De l'enveloppement humide et tortueux. »

Un doux myosotis près de l'enchanteresse
S'éteignait sur le sol de brins velu, chevelu :
« Pantéleïa, je meurs, ton poids divin m'oppresse ;

Peut-être, pâlissant déjà, s'il avait plu,
J'aurais pu vivre encor jusqu'à la nuit prochaine ;
Mais je meurs près de vous ainsi que j'ai voulu ! »

Sur les pics où le rude aquilon se déchaîne
Et fait mugir l'écho dans la sublimité
Des sphères, s'éleva la forte voix du chêne :

« Tel que sur l'humble saule et le frêne argenté
Plane mon front, de même au-dessus des plus belles
Se dresse fièrement ta grande vénusté !

Les timides enfants dorment sous les ombelles ;
Viens rêver dans mon ombre immense, et que le vent
Secoue en vain ma force et ta beauté rebelles !

Je t'aime ! Souviens-toi, Déesse, que souvent
J'écartai de tes-yeux les rayons et la brise,
Lorsque tu reposais sous mon dôme mouvant.

Quand les oiseaux chanteurs menaçaient la cerise
De ta lèvre, un rameau tressaillait, et l'essaim
De reprendre son vol, craignant quelque surprise.

Viens, je te donnerai pour décorer ton sein
Des glands encore verts, de belles feuilles lisses,
Et ton bonheur sera mon unique dessein! »

Les abeilles sortaient à demi des calices :
« Pantéleïa, je t'aime et je ferai du miel
Dans ta bouche, alvéole aux humides délices! »

« Pantéleïa, disait le nuage du ciel,
Je t'aime et je voudrais t'enlever dans l'espace,
Vers les palais d'azur où sont les Ariel! »

« Je t'aime et je suis doux, » dit l'épervier rapace.
« Je t'aime et je suis fort, » dit le ramier tremblant.
« Je t'aime, » dit l'essaim des colombes qui passe!

« Pantéleïa, disait la Lune au front dolent,
Sœur des étoiles d'or, tes farouches prunelles
Effaceraient l'éclat du Sirius brûlant !

Fille du ciel, remonte aux sphères maternelles,
Et l'homme émerveillé nommera de ton nom
L'étoile qui luira belle parmi les belles! »

Mais Pantéleïa, calme, a fait signe que non.

★

Ce fut tout, et la nuit redevint solitaire.
L'astre dans l'onde noire éteignit son reflet,
Et le grand chêne dit au lion de se taire.

Seule, Pantéleïa, qu'une flamme brûlait,
Se dressa lentement sur la mousse flétrie,
Et dans la solitude elle se contemplait !

Elle se contemplait avec idolâtrie !...
Son regard indolent, nuage où dort l'éclair,
Mesure de son corps la belle symétrie.

Ses deux bras éployés se frôlent parmi l'air,
Sa tête fière plane, et son âme se noie
Dans l'éblouissement sublime de la chair !

L'aile de son désir a découvert sa voie ;
Elle s'élève enfin, bondissante d'orgueil,
Vers la sérénité profonde de la joie !

De chauds rayonnements l'attirent, son grand œil
S'aveugle à voir de près l'Idéal, temple auguste
Dont elle est à la fois la vestale et le seuil.

« Nul amour n'a courbé ma volonté robuste,
Et sur le piédestal de la virginité,
Seule, j'ai vu briller la gloire de mon buste.

Mes seuls yeux, jusqu'au bout du temps illimité,
Sans que jamais leur feu ne s'apaise ou ne dorme,
Posséderont mon corps par mon corps convoité ;

Et je m'abîmerai dans le délice énorme
D'être tout le désir et toute la beauté
Fondus dans la splendeur unique de ma forme! »

Comme la mer, le rêve a son immensité!...
Puis elle s'accroupit, d'elle-même éblouie,
Blanche, sans mouvement, neige, marbre sculpté,

Et le ciel contempla cette extase inouïe.

SÉRÉNADES

La niña que á mi me quiera
Ha de ser con condicion,
Que en haciéndole yo una seña,
Ha de salir al balcon.

ESTUDIANTINA.

NOTE BIBLIOGRAPHIQUE

Les Sérénades, écrites peu de temps
après *Pantéléia*, ont paru pour la première fois en volume dans *les Poésies
de Catulle Mendès* (Sandoz et Fischbacher, 1876). Ces petits poèmes ont été
réimprimés dans le second des sept volumes intitulés *les Poésies de Catulle
Mendès* (Ollendorff, 1885, et Dentu,
1886).

PRÉLUDE

Qui frappe au balcon ? moi, personne,
L'enfant né de rois inconnus
Qui dort nu-tête et court pieds nus
De ce qui brille à ce qui sonne.

Que me veut-il? Ils sont venus,
Sa guitare et lui, de Solsone,
Cœur qui tremble et bois qui frissonne,
Vous chanter des vers ingénus.

La chanson est-elle jolie ?
Elle pleure ; l'air est ancien
Et triste jusqu'à la folie.

Pourquoi donc ce musicien
Pleure-t-il ? c'est, doña Clélie,
Pour ton plaisir, et pour le sien.

———

I

Wandl'ich in dem Wald des Abends,
In dem träumerischen Wald.

HENRI HEINE.

Dans la forêt que crée un rêve,
Je vais le soir dans la forêt :
Ta frêle image m'apparaît
Et chemine avec moi sans trêve.

N'est-ce pas là ton voile fin,
Brouillard léger dans la nuit brune?
Ou n'est-ce que le clair de lune
A travers l'ombre du sapin?

Et ces larmes, sont-ce les miennes
Que j'entends couler doucement?
Ou se peut-il réellement
Qu'à mes côtés, en pleurs, tu viennes?

II

Incessu patuit avis, colore flos.
JOACHIM DU BELLAY.

Elle marche d'un pas distrait,
Légèrement, comme une oiselle;
Elle a l'air d'un lys qui serait
Une rose; je n'aime qu'elle.

Elle a des goûts séditieux
En fait de vers et de toilettes;
Je n'aime qu'elle. Ses doux yeux
Disent : Mes sœurs, aux violettes.

Mais est-elle toujours ainsi
Qu'elle m'est, un soir, apparue?
Car voici bien longtemps, voici
Bien longtemps que je ne l'ai vue!

III

Heu! lacrymis infantia lumina turgent.
JEAN SECOND.

Naguère, au temps des églantines,
J'avais des peines enfantines.

Mon cœur se gonflait sans raison
Sous les lilas en floraison.

A respirer les chauds calices
Je goûtais d'amères délices.

Sous les étoiles, pâle et coi,
Je pleurais sans savoir pourquoi.

Et maintenant je pleure encore,
Le long des soirs comme à l'aurore ;

En hiver, sur le blanc grésil,
Sur les roses pendant l'avril,

Mes larmes tombent à toute heure :
Mais je sais bien pourquoi je pleure !

IV

Ros unus, color unus, et unum mane duorum.
AUSONE.

Quand vient l'automne nébuleux
Avec ses pâleurs de chlorose,
Tu caches les avrils frileux
Dans un pli de ta jupe rose.

Les mélancoliques buveurs
D'aube vermeille et de rosée
S'en abreuvent dans les saveurs
De ta lèvre en songe baisée!

L'âme des papillons défunts
(Car octobre a des deuils sans nombre!)
Trouve asile dans les parfums
De tes cheveux poudrés d'or sombre;

Et, renonçant aux longs exils,
C'est vers le ciel de tes prunelles
Nuagé par l'ombre des cils
Que s'envolent les hirondelles!

V

Morgen liebe, was bis heute
Nie der Liebe sich gefreut.

G. A. Burger.

Laisse-les dire ! Nous irons

Dans le bois décorer nos fronts

De liane et de liserons !

La douleur n'est pas éternelle :

On reverra frémir une ailé

Sur l'églantier de la venelle.

Elle reviendra, la saison

Des vers luisants sous le gazon :

Les amoureux seuls ont raison.

Quand la sève gonfle la vigne,
La froide neige se résigne
A fleurir, lys, à voler, cygne !

Malgré l'effort des envieux,
Mes lèvres au bord de tes yeux
Boiront des pleurs délicieux,

Et nous fuirons sous les tonnelles,
Course folle où tu t'échevèles,
En chantant mes odes nouvelles !

VI

> Florinda perdió su flor.
> ROMANCERO DEL REY.

Le matin riait, ingénu;
Tu m'as dit : Viens! je suis venu.

Un peu plus tard, tu m'as dit : Chante!
J'ai chanté ta grâce méchante.

Mais vint la nuit, la nuit d'été;
Tu m'as dit : Pars! je suis resté.

VII

Mais on souffre toujours un peu,
Rêveur sombre, sous le ciel bleu.

ALBERT MÉRAT.

Ton cœur est d'or pur; tout est vrai,
Net et loyal dans ta nature;
Mais l'espoir dont je m'enivrai
S'achève en doute et me torture.

Ah! ma sœur, j'ai vu si souvent,
A l'heure morne où la nuit tombe,
Mes rêves dispersés au vent
Comme des plumes de colombe!

VIII

Ocelluli protervuli !
Ocelluli mollicelli !
                        JEAN BONNEFONS.

Tes yeux méchants et captieux
Comme le regard des Chimères,
Je veux les voir, bien que ces yeux
Causent des peines très amères.

Mais tes·yeux doux, couleur des cieux,
Tes yeux sans haine ni malice,
Cache-les-moi : ces tendres yeux
Infligent un trop dur supplice !

IX

Wie schändlich du gehandelt,
Ich hab' es den Menschen verhehlet.
HENRI HEINE.

Jamais aux passants je ne conte
Ta honte ni mon mal amer,
Mais je suis allé sur la mer
Et j'ai dit aux poissons ta honte.

Vous triomphez encor, ma mie,
Sur terre ferme, effrontément;
Mais dans tout l'abîme écumant
On connaît bien ton infamie!

X

Ço dit Isolt : « Jo l' sai pur veir,
Sachez que le sigle est tut neir. »
THOMAS.

Le ciel est très bas; rien ne bouge
Sur la noire mer; l'horizon
Se rapproche, obscure cloison
Que défonce une lune rouge.

Où sont les joyeux promontoires
Dorés par le soleil levant?
Mon vaisseau qui n'a plus le vent
Laisse pendre ses voiles noires.

XI

In der Nacht! In der Nacht!
COMTE DE PLATEN.

Lune froide et sans auréole,
Avec des langueurs de créole
Vous rêvez douloureusement
Dans l'infini du ciel dormant,

Tandis que, des claires fontaines,
Comme un son de flûtes lointaines,
S'exhale vers les cieux blafards
La tristesse des nénuphars!

12.

XII

. : . . . . Yo sospecho
Que en estos disgustos ay
Algunos gustos secretos.
LOPE DE VEGA.

Querelleuse, va! j'aime encor
Ton regard quand il se courrouce,
Car dans tes yeux d'émail et d'or
La colère elle-même est douce.

L'amour aux délicates lois
Sur la lèvre qui nous attire
Se plaît à faire quelquefois
Succéder la moue au sourire.

Prudent, il donne aux amoureux,
Pour chasser les langueurs moroses
Qui bercent les cœurs trop heureux,
Les querelles, ces fouets de roses.

XIII

So hath it been, so be it;
For who shall live and flee it?

ALGERNON C. SWINBURNE.

Un jeune pâtre chante au bois,
Et l'écho dit : « Je suis la voix ! »

Sous la vitre qu'un rideau voile
La lampe dit : « Je suis étoile ! »

Aux lacs où le roseau se plaît,
« Je suis roseau », dit le reflet.

Mais plus fausse, oh ! plus fausse encore,
La voix qui m'a dit : « Je t'adore ! »

XIV

Cor mihi te furto surripuisse queror.
THÉODORE DE BÈZE.

Dans Bethsaïde, en Galilée,
Quand l'époux a baisé les yeux
De la vierge enfin dévoilée,

Il la conduit, mystérieux,
Par des escaliers et des routes
Sans nombre, au trésor des aïeux.

« Resplendissantes sous les voûtes,
Voici mes richesses, dit-il ;
Elles sont à toi seule, toutes. »

L'Iduméenne au doux profil
Répond d'une voix plus légère
Que le chant du souffle en avril :

« Le ciel confie à l'étrangère
Tes trésors pour qu'elle en ait soin
Comme une bonne ménagère. »

Or, un soir, grave, sans témoin,
Dans l'ombre d'une vague allée,
J'ai conduit une femme, au loin ;

Pareil au Juif de Galilée ;
J'ai soumis à l'amour vainqueur
Mon opulence inviolée.

« Chère femme ! Voici mon Cœur
Ruisselant comme un noble vase
D'une chaude et rouge liqueur !

Voici mon Ame où vit l'extase
Adorable des paradis
Épars sous les brumes de gaze;

Ame-cygne des lacs tiédis
Par le jour sans fin qui caresse
Les Édens à l'homme interdits! »

Et lorsque j'eus, dans ma tendresse,
Livré mon trésor opulent,
Je m'endormis, bonne maîtresse.

Mais toi, furtive, reculant
Le long des rampes, sans chandelle,
Tu t'es enfuie en me volant,

Comme une servante infidèle!

XV

Da sass ein loses Nönnchen
Das that, als wenn es schlief.
LIED POPULAIRE.

Écoutez bien ! J'étais allé,
De nuit, vers un bois désolé.

Là, j'ai surpris mon Ennemie
Dans ses cheveux bruns endormie.

Elle souriait dans les flots
De ses cheveux bruns, les yeux clos.

« Ce sourire, par un prodige
Cruel, tu me l'as pris, lui dis-je,

Et tu dors, succube assouvi,
Le sommeil que tu m'as ravi ! »

Alors, j'ai tué l'Ennemie
Dans ses cheveux bruns endormie.

Son sang fatal, de-ci, de-là,
Sur la ronce éparse coula.

Son sang fatal parmi les branches
Déshonora les roses blanches.

Vous avez bu sa vie, ô fleurs
D'où s'égouttent d'étranges pleurs.

Les pourpres sombres de sa plaie
Éclatent dans la roseraie.

Oh ! s'enfuir ! et ne vous voir plus,
Floraisons rouges du talus !

Mais le Charme avec ses délices
Mornes revit dans les calices.

La langueur de l'ancien poison
Pèse dans leur exhalaison.

O cœur vaincu ! tu désespères
De quitter jamais les repaires

Du vaste bois ! cœur exilé,
Par les roses ensorcelé !

FINALE

Je n'ai jamais commis de crime.
On ne m'a pas assassiné.
Mon remords fut imaginé,
Et mon cœur saigne pour la rime.

Jeune, on aime à parler trépas.
Byron, Musset, l'exemple tente.
Sais-tu de quoi l'âme est contente?
De montrer qu'elle ne l'est pas.

Le spleen a de sinistres charmes,
On a le caprice entêté
D'affirmer sa virilité
Par le désespoir et les larmes.

Mais ces choses-là n'ont qu'un jour.
Sourire est bon. La vie est belle.
On se lasse d'être rebelle
A la clémence de l'amour.

L'heureux ciel d'été qui flamboie
N'a pas honte de ses rayons;
Si nous sommes joyeux, ayons
Le courage de notre joie.

Je suis le passant ingénu,
Celui qui soupire et qui chante
Parce que l'épine est méchante
Et que l'avril est revenu.

Je m'étais égaré sans doute ;
Une ogresse me menaçait ;
Mais mon cœur, ce Petit-Poucet,
A bientôt retrouvé sa route.

Vers un gîte plein de douceurs
Il ramena des lieux contraires
Tous les jeunes Désirs, ses frères,
Et les Illusions, ses sœurs.

C'est à peine s'il se rappelle
Qu'il fut un instant fourvoyé ;
Il est dans son nid, mieux choyé
Que les petits d'une hirondelle.

S'il souffrit, ce fut en rêvant.
Le rêve a sa mélancolie...
Mais une nouvelle folie
Guérit d'un vieux songe souvent,

Et, bercé d'un souffle qui vole
De Weimar à Valladolid,
J'ai joué les airs de mon lied
Sur une guitare espagnole !

13.

PAGODE

A Auguste Villiers de l'Isle-Adam.

NOTE BIBLIOGRAPHIQUE

Les poésies qui composent *Pagode*
parurent pour la première fois dans *le
Parnasse contemporain* (1866); ils ont
été réimprimés dans *les Poésies de
Catulle Mendès* (Sandoz et Fischbacher,
1876) et dans le second des sept volumes intitulés *les Poésies de Catulle
Mendès* (Ollendorff, 1885, et Dentu,
1886).

LE MYSTÈRE DU LOTUS

Ta colère triomphe, ô Kâla! nul refuge.
Bleue encor des poisons de l'océan lacté,
Ta sombre gorge avait amassé le déluge.

Telle qu'un grand ravin par l'orage habité,
Ta narine profonde a soufflé la tourmente
Sur l'incendie issu de ton œil irrité.

Où sont les vastes cieux et la terre charmante?
Hélas! toute la vie et toute la beauté
Gisent sous l'onde morne où le vent se lamente.

Tes vastes cieux, Indra, que baignait la clarté
Des étoiles, ont fui dans la tempête noire
Comme un pavillon d'or par la bise emporté !

Le Çwarga lumineux aux escaliers d'ivoire
N'est plus. Les seuils de jaspe et les chars de cristal
Sont brisés. O vainqueur, qu'as-tu fait de ta gloire ?

Les Gandharwis, orgueil charmant du ciel natal,
Ont cessé d'agiter les clochettes sonores
De leurs pieds que dorait la poudre de çantal.

Les Açwins éclatants comme des météores
Ne courbent plus au joug de leur char constellé
Les Vaches aux poils roux qui portaient les Aurores ;

Et la terre, Prisni, comme un bloc descellé,
Avec ses pics hautains et ses plaines fertiles,
On ne sait où, dans l'ombre, éperdue, a roulé,

Tandis que, hérissant sa tête de reptiles,
Et le pied sur les flancs des dragons, le Dieu noir
Brandissait le Çiras, destructeur des sept Iles!

★

Maintenant l'arme auguste a rempli son devoir.
Au sein de l'Être unique, étang de quiétude,
Brahmâ s'est endormi, voyant tomber le soir.

Répudiant l'orgueil et la sollicitude
De l'œuvre, il goûte après mille âges évolus
L'anéantissement dans la béatitude.

L'universelle mer précipite ses flux
Ténébreux à travers l'horreur universelle,
Cherchant la grève absente et l'île qui n'est plus.

Chaque lame en bramant presse un flot qui harcèle
Une vague tandis que la vague poursuit
Une autre lame en pleurs qui vers un flot ruisselle ;

Et, sur la houle énorme au lamentable bruit,
Comme un vaste étendard que la tempête arbore
Palpite l'épouvante obscure de la nuit.

Oh ! que d'âges suivis de tant d'âges encore
Traverseront l'effroi du gouffre illimité,
Sans souvenir de jour et sans espoir d'aurore !

Hors du nombre, des lieux et de la qualité,
L'Être unique et total s'est abîmé soi-même
Dans l'informe infini de sa propre entité.

Tel se concentre et gît parmi la cendre blême
Le Feu rassasié des mystiques repas,
Tel se recueille, oisif, le Principe suprême.

Sous la forme du Temps, il est ce qui n'est pas;
Sa présence a son lieu dans toutes les absences
Et son réveil latent dort dans tous les trépas.

L'angoisse des espoirs et des réminiscences
Meurt au fond du Tirtha sans rivage et stagnant
Fait du fleuve dompté des tristes renaissances;

Et chaque âge divin se déroule, enchaînant
A d'innombrables nuits sa nuit démesurée,
Sans vaincre ce repos immense et permanent.

Mais enfin, du constant effort de la durée,
L'Amour est né! Bientôt, mystérieux ferment,
Sourdra la force au sein de l'Être demeurée.

14

Par le temps qui s'amasse accrue infiniment,
La passion pénètre en tout ce qui repose,
Avec un convulsif et chaud frémissement.

Tel se renforce Agni du çoma qui l'arrose,
Tel s'enfle, imbu d'amour, le germe originel;
Le désir de l'effet s'empare de la cause.

Sous des voiles chargés d'influx passionnel
Et pareils à la brume où l'aurore va naître,
Flotte un contour étrange et vaguement charnel;

Palpitante, Màyà s'efforce d'apparaître;
Le vide, d'une transe ineffable agité,
Voit s'accomplir l'hymen de la Forme avec l'Être;

Et dans son adorable extériorité,
Parmi l'effarement des ombres, sur la face
De l'abîme sans bord, l'Esprit-Monde est porté!

★

O Pouroucha! la houle incessante déplace
Et ramène ton lit souple formé des nœuds
Que le Roi des serpents enlace et désenlace!

Clairs et resplendissants de métaux lumineux,
Les mille chefs du grand Çécha, comme une ombrelle,
S'abaissent vers ton front qui se reflète en eux!

Tu médites, auguste, à travers la querelle
Des noirs remous! portant les œuvres dans ton flanc,
Tu sens frémir au loin ta forme corporelle!

Et de ton pur nombril, mystérieux étang,

Le grand Lotus, berceau des trois Mondes, s'élève,

Doux comme le soleil des jours d'automne, et blanc!

Il éclaire, il féconde, ayant l'amour pour sève;

Il verse la candeur et la limpidité

De l'aube dans l'effroi de la nuit qui s'achève;

Et de sa léthargie enfin ressuscité,

Brahmâ, pistil géant de ce calice énorme,

Détend ses membres faits de force et de bonté,

D'où se dérouleront l'Étendue et la Forme!

DIALOGUE D'YAMA ET D'YAMI

d'après

LE RIG-VÉDA

A MICHEL BARONNET

YAMI

Selon le rythme lent des vers scandant ses pas,
Le Rîçhi matinal traverse la pelouse.
Vers le sein d'Yamî, ta sœur et ton épouse,
Remonte, fils des Eaux ! le courant du trépas.

14.

YAMA

Pareil au faon mort-né d'une triste antilope,
Je n'aurai pas d'épouse et je n'ai pas de sœur ;
Dans l'immobilité de sa noire épaisseur
Le tronc de l'arani mystique m'enveloppe.

YAMI

Les dix frères vaincront le mystique arani
Afin qu'au bleu retour des Aurores prospères
Je puisse voir le fils auguste de mes pères
S'allonger près de moi sur le gazon béni !

YAMA

Nombre chétif épars dans l'infini des sommes,
J'ai rendu mon essence au Nuage, au Soleil
Mon regard, et je dors un ténébreux sommeil
Loin de ta couche, ô toi qui veux le mal des hommes !

YAMI

Tu sortiras plus clair de plus d'ombre, Yama,
Car c'est en toi que l'Être auguste se recrée,
Et l'amant glorieux de la Coupe sacrée
Dans le céleste flanc des ondes te forma !

YAMA

On a vu s'abîmer les splendeurs éphémères
Avec la troupe bleue et fauve des Haris ;
Sur les foyers obscurs, près des vases taris,
Je suis né de ta mort, Agni, fils des deux mères !

YAMI

Les cavales d'Indra s'élanceront encor !
L'une à l'autre, mêlons nos âmes, divin couple.
Tu sembleras, lié de ma ceinture souple,
Un bel arbre envahi par des lianes d'or.

YAMA

Les sept coursiers soumis à quatre jougs de flammes,
Sans éclairer mon œil éblouiront le tien ;
La liane aux fleurs d'or n'aura pas de soutien ;
Nous ne mêlerons pas l'une à l'autre nos âmes.

YAMI

Quand nous dormions encore au ventre originel,
L'aïeul parla. « Vêtus d'une splendeur égale,
Soyez époux, dit-il. Que la sœur conjugale
Sans fin demeure unie au mari fraternel ! »

YAMA

Qui l'a su ? qui l'affirme ? Aucun ne peut connaître
Son premier jour. Le ciel démesuré n'est pas
Un champ d'orge qu'on peut traverser en trois pas,
Et nul ne sait où gît la source de son être.

YAMI

Cesse un discours amer. Ma main cherche ta main.
Ranime d'un baiser la pâleur de mes joues,
Et roulons doucement comme un char à deux roues
Qui se livre à la pente heureuse du chemin.

YAMA

Je ne baiserai point le jasmin de tes joues
Ni ta bouche pareille à la fleur des âmras ;
Sous la tête d'un autre époux glisse ton bras,
Et roulez doucement comme un char à deux roues.

YAMI

Que deviendra l'amie hélas ! loin de l'ami,
Et qu'est-ce qu'une sœur de son frère sevrée ?
L'âme veuve succombe, à Nirriti livrée ;
Sans l'amour d'Yama, c'en est fait d'Yamî !

YAMA

Meurs donc, et laisse-moi, femelle aux bras avides,
Sous le ciel à jamais dépourvu de matins
Que hantent les Dévas tristes des Feux éteints,
M'exhaler sans retour en des ombres livides!

LA DÉTRESSE DES DÉVAS

Qui donc vaincra le noir Nuage, et d'une main

Qui s'ouvre à coups de foudre un flamboyant chemin,

Ira saisir au cœur des ténèbres profondes

Les receleurs du jour adorable et des ondes,

Comme un chasseur prend des renards dans leurs terriers,

Sinon Indra, le plus illustre des guerriers

Qui monte sur les chars de bataille? Mais l'ombre

Est vaste. Dans lequel des abîmes sans nombre

Descendre? Le Berger du ciel ignore encor

Où languit le troupeau rosâtre, aux cornes d'or,

Et, mordant de dépit sa barbe fauve et bleue,
Il hésite.

   Non loin gît la Chienne ; sa queue
Est inerte ; l'ennui voile son œil ardent,
Indra dit : « Dans le gouffre obscur de l'occident,
Ne vois-tu rien, ô toi qui découvres les pistes ? »
Elle dit : « Rien ! » La Chienne et le Berger sont tristes.

Près d'eux, les trente-trois Dévas, fronts anxieux,
Déplorent la splendeur déchue hélas ! des cieux
Où ne ruisselle plus le lait des vaches roses.
Twactri, l'aïeul clément, qui rend la forme aux choses ;
Agni, fils de la force et seigneur des tribus,
Dont la langue palpite autour des vases bus
Et claque, rouge, au vent, comme une banderole ;
La Libation sainte et la sainte Parole ;
Çoma, Hotra, Brahman et les Mortiers divins ;
Le couple étincelant de givre, les Açvins
Qui frappent l'ennemi tel que deux lourdes pierres ;
Ourvaçi, qui rouvrait à l'aube ses paupières
Et maintenant s'éteint comme un lotus flétri ;
Les trois Charrons issus d'Angira, Çavitri
Qu'emporte le galop bruyant des sept cavales ;

Les Ritous qui, marchant à d'égaux intervalles,

Scandent le temps hâtif de leurs pas régulier,

Interrogent, courbés et mornes, le Bélier

Du Sacrifice, au fond du ciel crépusculaire;

Et sans trêve, les poings crispés par la colère,

Roudra hurle, fouillant l'ombre, et de toutes parts

L'ombre geint sous le fouet des Maroutes épars,

Tandis que Varouna, roi des nocturnes heures,

Et Mithra, qui se plaît dans les claires demeures,

D'un vol commun, tant l'ordre éternel est détruit,

Mêlant au jour serein la détestable nuit,

Semblent un grand oiseau lourd d'horreur et de gloire

Dont une aile serait d'azur et l'autre noire!

HYMNE A KAMADÉVA

Vent, flèche, oiseau, tu passes
A travers les espaces
Où le jour s'alluma,
  Brillant Kâma!

L'ombre diminuée
Voit flotter la nuée
De tes parfums ravis
  Aux madhavîs.

Ton étendard circule
Parmi le crépuscule
Et dans son blanc frisson
Porte un poisson.

A ta cheville teinte
De laque un anneau tinte.
Imitant, pur métal,
Le son du tal.

Sur ton dos d'émeraude
Vibre un carquois où rôde
L'haleine des cinq Fleurs,
Mère des pleurs.

Ces flèches toujours sûres
Méditent des blessures
Que nul, ô fier Çmara,
N'évitera.

Et ton bras vert balance,
Comme Kâla sa lance
Et Roudra son trident,
    Un arc strident !

Tout s'effare et s'éveille :
Une flamme, ô merveille !
Pénètre les Açwins,
    Frères divins.

Battant l'air de la queue,
Dans la lumière bleue
Les vaches ont des bonds
    Plus vagabonds.

L'Himâlaya tressaille ;
Du chêne à la broussaille
Circule un feu secret
    Dans la forêt.

Sous l'âmra qui distille
Une liqueur subtile
Et descend vers le sol
En parasol,

a branche refleurie
Du manguier se marie
Aux rameaux délicats
Des malicàs,

Et, mourante femelle,
Aspirant l'air que mêle
Aux senteurs du matin
L'époux lointain,

L'onduleuse antilope
Rampe et se développe
En un long bâillement
D'énervement !

15.

Pris de chaudes démences,
Les éléphants immenses
S'emportent à travers
    Les rotangs verts.

Bleus Tîrthas, mers'sauvages,
Qu'ils sont loin, vos rivages
Sans cesse caressés
    De flots glacés!

Le vent âpre des flèches
Gerce les trompes sèches
Et fait claquer la peau
    Du noir troupeau.

Sur les collines chères
A Krichna, les vachères
Baisent éperdument
    L'auguste amant.

Seins dressés, cuisses nues,
Elles jettent aux nues,
A la cime, au ravin,
    Ce chant divin :

« Ananga, dieu vorace
Qui mords au cœur la race
Des antiques Manous,
    Déchire-nous !

Tes flèches parfumées
Dispersent les armées
Des héros qu'engendra
    L'astre Tchandra !

Tu corromps, ô Dieu jeune,
L'austérité du jeûne
Par où les Maharchis
    Sont affranchis !

Les vierges qu'ont surprises
Tes chaleureuses brises
Défaillent dans les bras
　　Des vils Çoudras;

Comme de belles tentes
Sous le vent palpitantes
S'enflent leurs jeunes seins
　　De perles ceints;

Et, l'œil clos d'une larme,
Les épouses qu'alarme
Un rêve hasardeux,
　　Vont, deux à deux,

Vers le bassin de marbre
Endormi sous un arbre
Où les aras siffleurs
　　Mordent les fleurs,

Et deux à deux couchées,
Pâles, sur des jonchées
De roses kadambas,
   Se parlent bas ! »

Ainsi chante la foule
Des vachères qui foule
Et ravit de ses jeux
   Les pics neigeux.

A leur voix, sous l'austère
Figuier, le Solitaire
Sent revivre son cœur
   Et dit : « Vainqueur

Des voluptés immondes,
Hari, dieu des trois Mondes,
Confonds les attentats
   Des noirs Bhoutas,

Et défends que je rêve
A quelque enfant qui lève,
Pour passer le flot bleu,
   Sa robe un peu... »

Mais en vain. Kâma verse
Une langueur perverse
Dans le sein palpitant
   Du pénitent.

Désormais sur le livre
Auguste qui délivre
L'image dansera
   D'une Apçara

Demi nue, en délire,
Ouvrant, noir de collyre,
Le lotus de ses yeux
   Fallacieux,

Et, selon la cadence
De l'onduleuse danse
Qui fait tinter sans fin
L'anneau d'or fin,

Montrant sa gorge blonde
Ou la cachant sous l'onde
De ses cheveux épars
De toutes parts !

Cependant, vers le faîte
A la splendeur parfaite,
Kâma suit son chemin,
L'arc à la main !

Dans la pure lumière
Où la Cause première
Revêt le flamboiement
Du diamant.

Parmi des harmonies
Où les voix sont unies
Des cygnes aux beaux cous
　　Et des coucous,

L'arc sans miséricorde
Fait crépiter sa corde
Pareille au frisson clair
　　D'un prompt éclair,

Et Lakçhmî que décore
Le pur éclat encore
De la vague de lait
　　Qui la roulait,

Cédant à la mollesse
De son désir, se laisse
Tomber sur le genou
　　Du noir Viçhnou,

Et des pleurs de délice
Mouillent le bleu calice
De son œil immortel
  Ceint de bétel !

SOIRS MOROSES

A STÉPHANE MALLARMÉ.

NOTE BIBLIOGRAPHIQUE

Les *Soirs moroses*, recueil de poésies publiées dans les Revues et les Journaux, font partie de : *les Poésies de Catulle Mendès* (1876, chez Sandoz et Fischbacher), édition épuisée. Ils forment le troisième des sept volumes intitulés *les Poésies de Catulle Mendès* (Ollendorff, 1885 ; Dentu, 1886). À cette édition on avait ajouté quatorze poèmes nouveaux : *Funérailles, la Chanson de la Haine, Survivance, Promptes Amours, Avant l'Orage, le Mauvais Choix, le Triste Espoir, Orgueil, les Retours, Pour la Grande Amie, le Mauvais Guide, Regret d'un Rêve, les Mansardes, Épitaphe.*

FUNÉRAILLES

D'où vient que sur la mer la nuit
S'étend ce soir plus solennelle,
Et que tant d'horreur pèse en elle
Dans le silence et dans le bruit?

L'immensité des cieux funèbres,
Comme le plafond d'un caveau
Sépulcral où veille un flambeau,
N'a qu'un astre dans les ténèbres;

16.

Comme on tend de deuil la maison
Au jour fatal des sépultures,
L'ombre vêt de noires tentures
La façade de l'horizon;

Parmi les plaintes douloureuses
Que hurle l'orgue de la mer,
Les rafales de vent amer
Gémissent comme des pleureuses,

Tandis qu'avec le bruit, là-bas,
D'un écroulement de décombres,
Le lourd battant des vagues sombres
Dans les roches sonne le glas.

Qui donc est mort? Mon cœur se glace.
De qui donc mène-t-on le deuil?
Qui donc a-t-on mis au cercueil
D'assez grand pour que tout l'espace,

Mer et ciel, sans fin ni milieu,
Dans un seul sanglot se confonde ?
Oh ! certainement, nuit profonde,
Quelqu'un est mort. Si c'était Dieu !

ADORATION

Prêtre, abjure l'autel. Vestale, éteins le feu.

Dans le cercle dont nul n'a marqué le milieu
Et qui, s'élargissant d'étoiles en étoiles,
Fuit dans la transparence ironique des voiles,
Mon âme résolue a tenté les chemins
Du vertige, au delà des horizons humains,
Et remonté le cours de la source première.
Qu'a-t-elle vu? Du vent fuir dans de la lumière.

Et lorsque plus avant s'ouvrit l'illimité,

Qu'était-ce? encor plus d'air dans bien plus de clarté.

L'âme alors, aux témoins de l'inconnu farouche,

Tremblante, a dit : « Où donc est l'œil, où donc la bouche

Du regard que je vois, du souffle que je suis ? »

Le jour a répondu : « Je ne sais pas, je luis. »

Le vent a répondu : « Je ne sais pas, je passe. »

Ni l'Être, seul moment, seul nombre, seul espace,

Où se perd, comme une ombre au soir se mêlerait,

Le pénitent nourri des vents de la forêt,

Qui laisse, dédaigneux de la vie et de l'œuvre,

Dans sa barbe fleurir les ronces, la couleuvre

Et l'oiseau se bâtir des nids dans ses cheveux ;

Ni le morne Iavèh qui frappe et dit : « Je veux,

Seul éternellement dans mon firmament sombre,

Que l'homme, de l'abîme où l'arche même sombre,

N'ait qu'un phare, ma gloire au front du Sinaï ! »

Ni Mithra, blanc et pur, des ténèbres haï ;

Ni toi qui fuis, voilée en un triple mystère,

Vague Isis ! ni le souffle enveloppant la terre,

Zeus orageux, et ceux que l'adorable Hellas
Pleure, ces dieux enfants, ces déesses hélas !
Tous nés dans le Lotus que l'Inde vit éclore,
(Car Hermès a conquis les Vaches de l'Aurore
Et l'écume, ô Laçkmi, de l'océan lacté
Mouille encore les seins neigeux d'Aphroditè;)
Ni toi-même qui fus doux comme la tendresse
Des femmes, et, voyant l'homme errer en détresse
Du Baal ammonite au Sabaoth hébreu,
Pleuras, Emmanuel, de ne pas être Dieu !
Ni tous les immortels, Dévas, Démons, Génies,
Que tu bénis ou crains, que tu crois ou renies,
Esprit humain, chercheur de l'éternelle loi,
N'ont pu combler les vœux éperdus de la foi,
Et la splendeur du vide emplit les cieux terribles !

Pourtant, fausses lueurs dans le lointain des bibles,
Hôtes des bleus Çwargas et des Ciels radieux,
Vous qui n'existez pas, anciens ou nouveaux dieux
Pour qui l'aube se lève ou que le couchant dore,
Forces ! Gloires ! Beautés ! Rêves ! je vous adore.

LA CHANSON DE LA HAINE

Ils m'ont pris ma femme ! Ils m'ont pris
L'amour, l'argent, l'honneur sans prix,
Les beaux espoirs où l'on s'entête,
Et ces lâches, par trahison,
Comme de sa niche une bête
M'ont jeté hors de ma maison !

Sous leurs baisers échevelée,
J'ai vu ma fille violée
Tendre vers moi dans d'affreux cris
Ses mains qui bénissaient ma haine !
C'est depuis ce temps que je ris
Comme les tigres et l'hyène.

Lorsque je rôde par les monts
On croit qu'un peuple de démons
Y fait flamber des feux de forges,
Tant ma torche au rougeâtre éclair
Dans la solitude des gorges
Répand d'épouvante et d'enfer !

Au gai refrain de la passante,
D'entre les buissons de la sente
Répond mon rugissement fou,
Et ma main, d'une étreinte brève,
Dans la chair saignante du cou
Tord la chanson qu'un râle achève !

La mort que recèlent en eux
Les chers calices vénéneux,
Je l'égoutte au flot clair des sources
Où par les midis étouffants
Viennent après leurs folles courses
Jouer et boire les enfants ;

Afin que, se trompant de roses,
Sur leurs froides bouchettes closes
Pullule l'insecte des eaux
Et que le rat de leurs squelettes
Ronge à loisir les petits os
Pâles parmi les violettes.

Sur les fermes, sur les faubourgs,
Quand les clairons et les tambours
Vont s'éteignant vers les casernes,
Sur l'auberge déjà sans bruit,
Sur la route où l'œil des lanternes
Épie en frémissant la nuit,

Et sur l'église et sur la cure,
La peur plane avec l'envergure
Des énormes linceuls blafards
Et tend dans l'ombre consternée
Une toile de cauchemars
Dont je suis l'horrible araignée !

17

Les mères se lèvent parfois
Dans l'ombre pour tâter des doigts
Si les berceaux ne sont point vides;
L'homme écoute, assis sur le lit,
Tournant vers les vitres livides
Son œil que l'épouvante emplit;

Et soudain, les granges gorgées,
Les meules aux belles rangées,
Et le troupeau fou que poursuit
Un long pétillement sonore,
Dans les ténèbres de minuit
Flambent comme une affreuse aurore!

Eh! je sais que c'est mon destin
De voir luire en un froid matin
L'acier glacé des guillotines;
Le couteau glisse! nous saignons.
Mais avant les rouges matines,
O fossoyeurs, bons compangnos,

Je veux, chantant à perdre haleine
La rauque chanson de la haine,
Vous donner sans peur ni remords
Parmi l'herbe et les mottes fraîches
Des os et des crânes de morts
A faire sonner sous vos bêches!

LA MAUVAISE RÉPONSE

Le tentateur obscur de nos esprits malades,
Monstre toujours présent, quoique invisible aux yeux,
N'est pas un compagnon facile ni joyeux,
Et ce n'est pas le diable amusant des ballades.

Il répugne au sourire et se dérobe au jour ;
Bien qu'il ait acheté notre âme et la possède,
Le pacte qui nous lie à lui ne nous concède,
Ni le trône, ni l'or, ni l'espoir, ni l'amour.

Nul vin ne sort, malgré notre soif haletante,
De la table de bois que Méphisto trouait,
Et Marguerite hélas! en tournant son rouet
Ne pleure pas pour nous les larmes de l'attente.

Il est le conseiller des lâches lendemains,
L'assassin de la foi, l'instigateur des doutes;
Au sombre carrefour d'où partent trop de routes
Il se dresse, poteau des funestes chemins.

Combien d'hommes, par lui, dans les rocs, dans les ronces,
Cheminent sous des cieux d'astres noirs constellés!
Et ceux qui vont pleurant ne sont pas consolés,
Car il est le donneur de mauvaises réponses.

« O maître, que ton joug est pesant! disent-ils,
« Qu'ils sont nombreux et durs, les cailloux de ta voie!
« Nous avons fait le mal pour connaître la joie;
« Ne méritons-nous pas d'être heureux, étant vils?

17.

« Parle ! quel vice encor nous manque, ou quelle honte ?

« Si nul vers toi ne dresse un bras ensanglanté,

« C'est que le crime est moins bas que la lâcheté ;

« Mais toi, tu n'as rien fait pour balancer le compte.

« Abjects, conspués, seuls, car nul ne nous parla,

« Nous sommes l'épouvante exécrable des races ;

« Les vieillards attentifs, qui détestent nos traces,

« Disent aux jeunes gens : Ne passez pas par là !

« Et déjà s'ouvre, horreur ! l'abîme expiatoire…

« D'autres hommes, pourtant. satisfaits et bénis,

« Par des chemins de fleurs heureuses et de nids

« Vers les paradis bleus montent, vêtus de gloire ! »

Ainsi parlent du fond de la chute et du deuil

Les damnés. Oh ! quel deuil et quelle chute sombre !

Mais lui : « Lâches ingrats, qu'épouvante un peu d'ombre,

« Dieu vous offrait le Ciel, je vous donnai l'Orgueil ! »

SURVIVANCE

Dans la faïence d'Yeddo
Où s'écorne en un filet d'eau
   La lune étroite,
La fleur que je cueillis hier
Ouvre encor son calice fier
   Et se tient droite.

Bien qu'un doigt brutal ait brisé
Sous les pleurs d'un matin rosé
   Sa tige frêle,
On dirait que la sève encor
Montant du sol au pistil d'or
   Circule en elle,

Tant, avec son arome frais,
(Toi-même tu t'y tromperais,
　　　Subtile abeille!)
Éclate triomphalement
Comme un rire de jeune amant
　　　La fleur vermeille.

La face d'un décapité,
Où l'on ne sait quelle clarté
　　　Dans l'œil s'obstine,
Semble aussi vivre, quand le sang
Ruissela, sombre, éclaboussant
　　　La guillotine.

Et je songe en mon triste esprit
A ma jeunesse qui sourit,
　　　Alerte et forte,
Mais qui ne tient plus à mon cœur;
Ardente, heureuse, à l'air vainqueur,
　　　Et pourtant morte.

A UN PASSANT

Voyageur nouveau dont le pas
Dédaigne la route tracée,
Courbe l'orgueil de ta pensée ;
Humble, marche, et ne rêve pas.

Au poteau du carrefour sombre
Un doigt te prescrit ton chemin ;
Résiste aux signes qu'une main
Dangereuse te fait dans l'ombre.

Quiconque, traître à son devoir,
Hésite en l'étape ordonnée,
Après une triste journée
Verra monter un triste soir.

Non loin des mares incertaines
Des spectres froissent les roseaux...
Il frissonnera dans ses os
Sous un vent de bouches lointaines.

Il dira : « Je touche au tombeau ! »
Et dans le noir vent qui le frôle
Sentira choir sur son épaule
L'épouvante, horrible corbeau !

Toi donc, suis l'éternelle route
Sans céder au rêve trompeur,
Et sois préservé de la Peur,
Cette punition du Doute.

SPLEEN D'ÉTÉ

L'orageux crépuscule oppresse au loin la mer
Et les noirs sapins. L'ombre, hélas ! revient toujours.
Ah ! je hais les désirs, les espoirs, les amours,
Autant que les damnés peuvent haïr l'enfer.

Car je n'étais point né pour vivre : j'étais né
Pour végéter, pareil à la mousse ou pareil
Aux reptiles, et pour me gorger de soleil
Sur un roc d'un midi sans trève calciné.

Aux plantes contigu, voisin de l'animal,
Famélique sans crainte et repu sans remord,
Je n'aurais pas connu ce que c'est que la mort ;
Mais je vis ! et je sais qu'il est un jour fatal.

Le soir qui m'avertit, lugubre et solennel,
Que d'un soleil éteint le temps est plus âgé,
Accable abondamment mon cœur découragé
Du dégoût d'un bonheur qui n'est pas éternel.

O pins ! comme la nuit fonce vos mornes deuils !
La cigale avec ses grêles cris obsédants
Fait le bruit d'une scie aux innombrables dents
Dans l'arbre détesté dont on fait les cercueils.

LA BONNE RÉPONSE

« Entre ! » dit l'exécrable Prince.
La nuit grossissante montait
Les marches des autels ; c'était
Dans une église de province.

Une nonne, sous l'ostensoir
De la plus petite chapelle,
Bas, lentement, comme on épelle,
Disait les prières du soir.

18

Son visage, quoique très jeune,
Avait le ton d'ivoire éteint
Que donnent quelquefois au teint
L'appétit mystique et le jeûne.

Un instinct de vivre à l'écart
Effarait tout ce corps de vierge ;
La clarté dolente d'un cierge
Était la sœur de son regard.

Or, le Compagnon traître et louche
Me dit : « Parle ! » Je me roidis.
« Non ! » criai-je. Mais j'entendis
Qu'il parlait déjà par ma bouche.

« Vivre est doux. Le cloître est hideux.
« Son espoir, la mort le déjoue.
« Aime, ris ! on a sur la joue
« Les roses que l'on cueille à deux.

« Lorsque l'étincelle amortie

« Dans tes yeux se rallumera,

« Toi qui priais, on te prîra,

« Et ton baiser sera l'hostie.

« Aime, chante ! elle dure peu,

« L'heure douce qui nous convie.

« Deux ou trois printemps, c'est la vie ;

« Puis tu mourras, comme ton Dieu.

« Bien vainement tu te macères

« Pour le mystique fiancé :

« L'Ascension du Trépassé

« N'eut que des témoins peu sincères ;

« Son linceul était bien cousu,

« Et ta foi, qui bénit l'épreuve,

« S'abuse, ô vierge à jamais veuve

« De l'époux que tu n'as pas eu !

« Le vrai ciel n'a que des étoiles

« Qui s'éteignent complaisamment

« Quand se noue au cou de l'amant

« Le collier de deux bras sans voiles ;

« Et les forêts où nous passions

« De nos chairs nourriront leurs arbres...

« Car le poids funèbre des marbres

« S'oppose aux résurrections. »

Je parlais. L'église était noire.

La jeune femme en oraison

Me dit : « Vous avez bien raison ;

« Mais, le paradis, c'est d'y croire. »

PROMPTES AMOURS

Tu n'as pas vu couler mes pleurs
Et j'ai baisé tes yeux sans larmes
Où le regard dont tu nous charmes
Ressemble au sourire des fleurs.

Allumés par la griserie
D'une odeur ou d'un coin de chair,
Comme deux papillons qu'en l'air
Le hasard du vol apparie,

18

Nous avions à peine mêlé
Les vifs battements de nos fièvres,
Que le désir loin de nos lèvres
Sans retour s'était envolé !

Mais notre ivresse fut meilleure
D'être brève. Heureux les amants
Qui de ces fugaces moments
Dans la vie auraient toute une heure !

Tu riais d'un beau rire fou
Tandis que mes dents, chère proie !
Comme de l'or sur de la soie,
Mordaient les frisons de ton cou.

Et, grâce aux rapides mensonges
Des impatientes amours,
Nous pourrons ignorer toujours,
Toi, qu'un spleen très ancien me ronge,

Moi, qu'au fond de ton cœur déçu
L'ennui de vivre te dévore.
O prudente folie ! Encore
Un baiser, et nous l'aurions su.

SOROR DOLOROSA

Reste. N'allume pas la lampe. Que nos yeux
S'emplissent pour longtemps de ténèbres, et laisse
Tes bruns cheveux verser la pesante mollesse
De leurs ondes sur nos baisers silencieux.

Nous sommes las autant l'un que l'autre. Les cieux
Pleins de soleil nous ont trompés. Le jour nous blesse.
Voluptueusement berçons notre faiblesse
Dans l'océan du soir morne et délicieux.

Lente extase, houleux sommeil exempt de songe,
Le flux funèbre roule et déroule et prolonge
Tes cheveux où mon front se pâme enseveli...

O calme soir, qui hais la vie et lui résistes,
Quel long fleuve de paix léthargique et d'oubli
Coule dans les cheveux profonds des brunes tristes!

REPRÉSAILLES

Le louvre n'est jamais assez loin des prisons,
Encor qu'on l'ait bâti dans des profondeurs sûres;
Un cri, soudain, transit les royales luxures
Bien qu'on ait épaissi d'étoffes les cloisons.

Vainement sur le meurtre ont fleuri les gazons;
En vain pèse la dalle énorme et sans fissures;
Le mort surgit, les doigts mouillés dans ses blessures,
Et baptise de sang l'auteur des trahisons.

Car rien ne peut ravir les bourreaux aux victimes.
Vous le savez, mon Dieu, dans les splendeurs intimes
De vos sept cieux mieux clos que des villes de fer.

Oui, tu le sais, vainqueur antique des ténèbres,
Qu'épouvante à jamais, grossi d'échos funèbres,
L'infatigable cri de l'héroïque enfer!

L'ABSENTE

C'est une chambre où tout languit et s'effémine;
L'or blème et chaud du soir, qu'émousse la persienne,
D'un ton de vieil ivoire ou de guipure ancienne
Apaise l'éclat dur d'un blanc tapis d'hermine.

Plein de la voix mêlée autrefois à la sienne,
Et triste, un clavecin d'ébène, que domine
Une coupe où se meurt, tendre, une balsamine,
Pleure les doigts défunts de la musicienne.

Sous des rideaux imbus d'odeurs fades et moites,
De pesants bracelets hors du satin des boîtes
Se répandent le long d'un chevet sans haleine.

Devant la glace, auprès d'une veilleuse éteinte,
Bat le pouls d'une blanche horloge en porcelaine,
Et le clavecin noir gémit, quand l'heure tinte.

LE SOUVENIR

Du faîte d'un vieux mont farouche et déserté,
Dans un pays baigné par des mers inconnues,
Je vis, ainsi qu'on voit des formes dans les nues,
Les débris monstrueux d'une antique cité.

Des palais et des tours gisait la vanité.
Les Dieux seuls, consacrant la paix des avenues,
Érigeaient vers le ciel encor leurs grandeurs nues,
Dans la conviction de leur divinité.

Et je me dis : « Quel fut le nom de cette ville ?
« Des hommes l'habitaient, roi, mage et foule vile.
« Étais je l'humble esclave à sa honte plié ?

« Ou le prêtre ? ou le chef chargé d'armes célèbres ? »
Mais l'esprit interroge en vain les sphinx funèbres,
Et ne se souvient plus que d'avoir oublié.

OCTOBRE

Les morts couchés d'hier dans leurs funèbres crèches,
  Nouveau-nés de l'éternité,
Sous le frémissement berceur des feuilles sèches
  Rêvent d'un songe regretté.

D'où vient le vent ? Du nord ; mais les brises plus fraîches
  Se souviennent d'avoir été,
Sur la grappe mûrie et la rondeur des pêches,
  Le baiser brûlant de l'été.

C'est votre heure, récents veuvages, souvenances
  Proches de votre objet encor !
La vie encor frémit de ses dernières transes ;

  Et, pleurant comme un son de cor,
Le deuil de la lumière et de nos espérances
  Se couvre d'une cendre d'or.

LASSITUDE

Comme un mort qui se dresse et se recouche après,
Quelquefois, sous tes yeux, j'ai des réveils encore ;
Mais vois les sombres draps dont le seuil se décore :
Ce n'est pas pour l'hymen que l'on fit ces apprêts.

Tes cheveux m'étaient blonds jadis ! tu m'empourprais
Toute l'âme, cher front, comme un lever d'aurore ;
Maintenant, de ce front qui se penche et s'éplore,
Ta chevelure verse une ombre de cyprès.

Viens donc, toi qui faiblis autant que je succombe.
Nouons encor nos bras que la fatigue plombe
Et mêlons le dernier souffle de nos poumons.

Là-bas, un oiseau vole... on aurait pu le suivre...
— L'heure qui va sonner sait que nous nous aimons
Assez pour en mourir, pas assez pour en vivre.

AVANT L'ORAGE

Le long ennui des jours, le ralentissement
De l'heure par l'amas des heures alourdie
S'accroupissent sur ma volonté déroidie,
Barque sans gouvernail, boussole sans aimant.

Calme plat. La blancheur de midi, pesamment,
Sous la chape de plomb de son morne incendie,
Me tient, vaincu. Parfois une lame hardie
Saute, écume, et retombe en un même moment.

Quand donc crèverez-vous, nuages! ô nuées,
Quand donc enfin, d'un souffle espéré remuées,
Entrechoquerez-vous vos flancs emplis d'éclairs,

Pour que la langueur lâche et que la sourde rage
De mon âme, avec vous, ô ciel bas gros d'orage,
Éclate et se résolve en foudre dans les airs!

LE MAUVAIS CHOIX

Quand l'obscur Tentateur, qui promet et qui ment,
L'aile close, et rampant vers le pâle Messie,
Eut été repoussé selon la prophétie,
Il se dressa devant Jésus superbement.

Dans ses yeux flamboyait l'altier contentement
D'être celui qui rit quand on le supplicie,
Et, fauve, il ressembla sous la nue éclaircie
Au vieux porte-lumière, orgueil du firmament!

« Je t'offrais, Fils de l'homme, ô vainqueur dérisoire,
L'impérissable honneur des combat sans victoire
Et du front foudroyé prompt à se relever.

Quel trône est aussi haut qu'une tête rebelle ?
Honte à qui, des deux parts élisant la moins belle,
Choisit d'être le dieu qu'il aurait pu braver ! »

LE TRISTE ESPOIR

Hélas ! aimer demain comme j'aimai jadis !
En des hasards pareils aux vieilles aventures
Trouver encore auprès de belles créatures
Le même enfer après le même paradis !

Réentendre sans fin les mots que j'entendis !
Par les mêmes soleils ou les mêmes froidures,
Vers les mêmes bonheurs ou les mêmes tortures
Suivre d'anciens chemins déjà chers ou maudits !

Dès l'aube où rit la fleur de nos adolescences
J'ai vécu tant d'amours, de deuils et de combats,
De surhumains désirs, d'humaines impuissances,

Que rien ne me sera nouveau, hors le trépas !
Et c'est mon désolant ennui de n'avoir pas
Un espoir qui ne soit fait de réminiscences.

ORGUEIL

O nature, longtemps tes aspects sérieux
Désolèrent l'orgueil de mon âme oppressée
Et j'avais sur l'essor vaincu de ma pensée
Toute l'immensité pesante de tes cieux.

L'attention tenace a dessillé mes yeux,
Et j'ai vu que ton œuvre, en vain recommencée,
A ton inconscience inerte fut tracée
Par les lois du hasard ou le vouloir des Dieux.

Je me confronte à toi, — mon orgueil vaut tes aigles ! —
Toi, la force insensible aux immuables règles,
Moi, le chétif mortel aux vœux irrésolus.

O domination du prêtre sur le temple !
Je t'admire, nature, et je ne te crains plus,
Car tu ne me vois pas, et moi, je te contemple.

———

19.

LES RETOURS

Chers paradis éteints des Dieux évanouis !
Avec les noms des fleurs écloses dans nos fanges,
Pâles lys et lilas et bleuets éblouis,
     J'ai refait le nom de vos anges.

L'oreille encore ouverte aux chants jadis ouïs,
La momie au long corps en ses atours étranges,
M'a rendu les hymens anciens enfouis
     Dans le cercueil sombré des canges.

Le son qu'un vieil écho murmure en se mourant
Dans les cris enroués de la foule, me rend
     Les pleurs d'Orphée aux rocs de Thrace !

Et dans ta sombre ivresse, affreuse dès le jour,
J'ai revu la blancheur adorable et la grâce
     O débauche ! de mon amour.

RENAISSANCES

Roses de l'avril blème et désert où l'odeur
D'une tombe récente aux vents sera bercée,
Roses blèmes hélas ! faites de la pudeur
D'une bouche au baiser de la mort fiancée !

Lys qu'un funèbre été mordra de son ardeur
Près du sépulcre blanc d'une ange trépassée,
Lys, hélas ! qui naîtrez, si purs, de la candeur
De sa chair et de la blancheur de sa pensée !

Ne fleurissez pas, Lys ! ni vous, Roses ! avant
Que sur le haut rameau, sonore dans le vent,
Du pin morne où courra mon sang, sève fiévreuse,

Où, d'une plaie au flanc, s'égouttera mon cœur,
Chante le triste oiseau dont la voix douloureuse
Sera faite de mon éternelle langueur !

POUR LA GRANDE AMIE

Chère sœur ! si parfois je suis dur, ne crois pas
Que ce soit par orgueil, ma sœur, ou barbarie.
Tout mon cœur, marguerite à tes rayons fleurie,
Aimerait, humble et frêle, à mourir sous tes pas.

Chère sœur ! si parfois je ris, ne pense pas.
Que ce soit par oubli des heures fortunées,
Où nos âmes se sont l'une à l'autre données.
Ces heures ! j'en veux vivre au delà du trépas.

Mais vois ! L'aigle royal, frère de ta pensée,
A besoin sous les cieux d'être une aile blessée
Pour mirer dans son sang les célestes lueurs.

Je t'enseigne le deuil, la haine et les alarmes
Pour qu'en ton drame plein de rires et de larmes
Batte un cœur conscient des humaines douleurs.

LA RANÇON

Ton sourire est plus beau que les roses fleuries,
Il est mieux odorant que les menthes des prés;
Et le cliquetis clair de tes rires pourprés
Effarouche l'essaim des lourdes rêveries.

Le cher bruit de ta robe et de ton pas léger
Qui pense me surprendre et que de loin j'écoute,
Est la musique où mon âme se mêle toute;
Te voir, c'est comme si je sortais de danger.

Je te bénis d'avoir à mon destin sévère
Greffé l'espoir joyeux du rajeunissement.
Sur mon front ténébreux, tu luis, astre charmant;
Dans mon cœur hivernal, tu fleuris, primevère.

Pourtant je suis mauvais parfois, et je te fuis
(Je sais bien que j'ai tort et que c'est détestable!)
Pour aller, dès le jour, m'accouder à la table
Où, morne, m'apparaît le travail de mes nuits.

Là gît le tas confus des vieilles écritures,
Romans, odes, babels que mon rêve étagea,
Monuments pas encore et ruines déjà,
Vaines gestations, splendeurs toujours futures!

Là, j'écris, l'œil fiévreux. Tu songes : Souffre-t-il ?
Et tu viens tout à coup, jeune comme l'aurore
Et le printemps, me dire : « Il n'est pas l'heure encore
« De travailler; attends l'hiver; je suis Avril.

« Sais-tu combien de fleurs, à l'aube, sont écloses

« Dans le bois qu'une tiède ondée a rajeuni ?

« Le merle chante ; plus de livres ; c'est fini ;

« Si tu veux que je t'aime, il faut aimer les roses. »

Mais moi, comme à l'enfant qui joue et parle haut,

« Laisse-moi ! » dis-je, étant en proie à la pensée.

Oh ! j'ai tort ! oh ! tu dois être bien offensée !

Pardon ! mais si je fais ainsi, c'est qu'il le faut.

Ma besogne, rançon consentie, est ardue,

D'autant plus que je sens mon cœur débilité

Par un sort qu'un esprit très méchant m'a jeté ;

Et l'heure est incertaine où l'œuvre sera due.

L'affreux souffle de deux noirs chevaux haletants

Rompra ma porte avec des clameurs de tempête,

Et j'entendrai ces mots : « Ame oisive, es-tu prête ? »

Oh ! la rançon ! j'ai peur de n'avoir pas le temps.

CONSEIL

Reste morne. Dérobe-leur
L'ivresse où ton âme se noie,
Et sache imposer à ta joie
La gravité de la douleur.

Que ton rêve, lent, se balance,
Doux et lent comme un encensoir,
Parmi la profondeur du soir
Mélancolique et du silence.

Que sans désirs et sans effrois
Tes grands yeux où rien ne s'étonne
Soient semblables aux jours d'automne :
Profonds, placides, ternes, froids;

Et déplore les courtes fièvres
Des amants ivres de chansons
Qu'Avril revoit dans les buissons,
La flamme aux yeux, le rire aux lèvres;

Car l'ombre est le cachot prudent
Du bonheur si vite infidèle,
Et le rire, c'est le bruit d'aile
Que fait la joie en s'évadant!

LE MAUVAIS GUIDE

LE GUIDE

Au coup de fouet du vent qui lui cingle les reins
La cavale se cabre, et rue, et mord les freins;
Saute en croupe, et saisis la bête par ses crins !

LE VOYAGEUR

Cruel avertisseur, tu devances l'aurore !
C'est la veilleuse, et non le jour nouveau, qui dore
La tiédeur de l'alcôve ensommeillée encore.

LE GUIDE

Viens ! sors du lâche lit, viens ! romps l'étroit sommeil !
Et, l'œil joyeux, regarde à l'orient vermeil !
Ta gloire se lever comme un jeune soleil !

LE VOYAGEUR

Longtemps elle m'aima la maison grave et bonne
Où chaque meuble est cher autant qu'une personne,
Où c'est avec un bruit connu que l'heure sonne.

LE GUIDE

Fouille le flanc qui fume à grands coups d'éperons.
Louvres aux balcons d'or, sérails aux dômes ronds,
Ils sont beaux, les palais que nous te bâtirons !

LE VOYAGEUR

Sous la grêle saulaie où l'aube se tamise,
Jeanne passait avec des fleurs à sa chemise,
Et c'était ma voisine, et c'était ma promise.

LE GUIDE

Là-bas, avec des bruits de baisers, par essaims,
Les lentes nudités des femmes aux beaux seins
Se pâment dans la pourpre ardente des coussins !

LE VOYAGEUR

Hélas ! pour enchaîner ma fuite pécheresse,
Ma mère aux bras tremblants, qui sur le lit se dresse,
Prolonge dans le vent qui me suit sa caresse !

LE GUIDE

Laisse-la, puisque un dieu t'a marqué de son sceau,
Geindre quelque vieil air, en tournant son fuseau.
N'es-tu point las encore, homme, de ton berceau ?

LE VOYAGEUR

Attends ! j'ai vu sombrer sous le flot qui le broie
Mon frère, mon ami dans la peine et la joie ;
Grâce ! arrête ! Je veux le sauver ! Il se noie !

LE GUIDE

Dans un bruit glorieux de fête, par milliers,
Prêtres et magistrats, barons et cavaliers,
T'attendent seul au bas des royaux escaliers.

LE VOYAGEUR

Ah ! je cède. En avant ! plus loin ! le sort m'emporte !
Cent héros vêtus d'or me feront une escorte.
Mon trésor est-il plein ? Ma ville est-elle forte ?

LE GUIDE

La voici ! Marche, ô roi des royaumes rêvés,
Sous les drapeaux des arcs, sur les fleurs des pavés.
Frère des dieux, salut ! nous sommes arrivés.

LE VOYAGEUR

Quoi ! la nuit ? Quoi ! le vide ? Un ciel de poix surplombe
Une obscure rondeur terreuse qui se bombe
Auprès d'un trou plus noir qui s'enfonce... La tombe !

LE GUIDE

Oui, c'est elle. Et bénis son ombre, vain flambeau !
Que demanderais-tu de meilleur, de plus beau,
Ingrat mortel, à qui t'a donné le tombeau ?

SOURIRE PALE

A l'envahissement lent de la solitude
Tu cèdes, et tu prends de l'ombre l'habitude ;
Ton cœur gît comme un mort docile à son linceul
Dans la placidité morose d'être seul.
Mais, quelquefois encor, de ton vieux deuil austère,
Tremblante comme un son lointain qui va se taire,
Incertaine comme un oiseau qui va partir,
Faiblement, une joie éclôt. Las de languir,
A de vagues lueurs qui dorent tes nuages
Et viennent du passé, cet occident des âges,

Ton cœur un instant s'ouvre, et parfois, ô douceur!

Je te vois essayer de sourire, ma sœur.

Triste sourire! ainsi doivent pleurer les anges.

Avec l'air étonné qu'ont les choses étranges,

Il hésite, de pleurs encore tout voilé,

Et ce rayon d'un ciel rarement étoilé

Me plaît mieux que le rire éclatant dont la joie

En des yeux toujours vifs insolemment flamboie!

Car les jardins pompeux dans les chaudes saisons

N'ont rien qui vaille, avec leurs riches floraisons

De roses et d'œillets que le buis enguirlande,

Une fleur pâle, née à demi, dans la lande.

REGRET D'UN RÊVE

Je voudrais me ressouvenir
D'un rêve que j'eus autrefois.
Ce fut un soir, le long d'un bois
Qu'un rouge automne allait jaunir.

Quelle était donc cette pensée?
Elle était âpre autant que douce,
Et j'eus, d'une intime secousse,
Toute l'âme à jamais blessée.

Était-ce un désir de revoir
Des yeux que j'avais déjà vus?
Ou l'amour des yeux imprévus
Où peut luire un nouvel espoir?

Était-ce l'héroïque songe
D'une gloire jamais conquise?
La dent de la chatte est exquise,
Mais la lionne aussi nous ronge.

Dans mon esprit inapaisé
De ce rêve il ne reste rien
Sinon le souvenir ancien
Qu'il ne s'est pas réalisé.

APRÈS LA FIN

Triste d'avoir vécu, lasse d'avoir gravi
L'âpre cime d'où l'œil hébété d'épouvante
Contemple le néant du rêve poursuivi;

Mais sereine d'avoir en austère servante
Fait sa tâche; attendant son salaire; espérant
Que la tombe n'est point fourbe ni décevante;

Quand elle eut laissé choir en un spasme mourant
Son bras faible où l'essai d'un dernier geste avorte
Et sa tête avec l'air d'un blessé qui se rend;

Quand par sa bouche ouverte afin que l'âme sorte
Le miroir ne fut plus d'aucun souffle terni ;
Quand un cierge brûla, quand ce fut une morte :

L'œil de la morte, l'œil déjà cave et jauni
Pleura. Je vis pleurer cet œil. Telle une épée,
Horrible, suinte encore après le duel fini.

O paupière par l'ombre éternelle occupée,
Quelle angoisse pleurait ta larme? Nul n'a su,
Si c'était quelque ancienne espérance trompée,

Morte effrayante! ou ton suprême espoir déçu.

MA MAISON

Ma maison, sur le flanc du coteau, blanche et verte,
Regarde les soleils levants. Sa porte, ouverte
Comme par un sourire affable, dit : « Entrez!.»
On ne sait de quel jour interne pénétrés
Les carreaux de ses deux fenêtres ont des flammes
Douces, comme ces yeux qui révèlent des âmes.
Sa toiture est d'ardoise; on la voit de très loin,
Bleue et coquette, avec un vase à chaque coin,
Vase de terre, où s'ouvre une âpre plante grasse.
Les sentiers du jardin circulent avec grâce,

21

Nettement limités de fraisiers ou de buis.

Le jour sous les tilleuls est très doux. Peu de bruits.

Beaucoup de fleurs : jasmins, tulipes, chèvrefeuille.

Tout est propre, riant, rangé. La grille accueille.

Le soir, dans son cristal calme, sous le rideau

Des arbres, un bassin où s'est tû le jet d'eau

Reflète entre ses bords de luzerne et de menthes,

La lune aux cieux nageant, cygne des nuits dormantes.

Si j'étais le passant qui gravit le coteau,

Suant, l'été, gelant, l'hiver, sous son manteau,

Triste toujours, — car nul ne marche sur la terre

Sans qu'un souci, frivole espoir ou deuil austère,

Ne mine, comme un ver le noyau, sa raison, —

Et si, blanche, au détour du sentier, ma maison

Dans sa sérénité m'apparaissait, subite,

Je m'écrirais : « C'est là que le bonheur habite ! »

MÉLANCOLIE D'ÉTÉ

Comme un rameau trop lourd s'incline,
Penche-toi, cœur endolori,
Vers le cimetière fleuri
Qui rit sur la claire colline.

Tente chère au bédouin brûlé;
Fraîches haltes près des citernes;
Bonne auberge dont les lanternes
Font signe au marcheur consolé;

Lit des courtisanes sans fièvre,
Où tout s'éteint, sauf le remords ;
Bouges qu'encombrent, ivre-morts,
Les buveurs d'ale et de genièvre ;

Grave alcôve aux rideaux amis,
Où plane sur l'hymen paisible
Ce doux bruit d'abeille invisible,
Qui sort des berceaux endormis ;

A l'angoisse aiguë, au malaise,
Vous n'offrez qu'un répit trop bref ;
L'homme revit, quand derecher
Se lève, hélas ! l'aube mauvaise.

Mais sur l'oreiller que nous font
Les espoirs morts, les craintes mortes,
Dans la basse chambre sans portes,
Le repos est long et profond.

Lieu béni des sommeils fidèles,
Où nul n'a peur d'être éveillé,
Le cimetière ensoleillé
Est plein de fleurs, de brise, et d'ailes.

La croix dorée où meurt le Fils
Luit comme en des apothéoses,
Et, blanches, au milieu des roses,
Les stèles semblent de grands lys.

Et moi, du bord de l'âpre voie,
J'envie, en mon cœur douloureux,
Le sourire des morts heureux,
Diffus dans toute cette joie!

SEPTEMBRE

La gerbe est dans la grange ; au loin les champs sont verts ;
L'herbe vive recroît en dérobant le chaume ;
Et des souffles épars le délicat arome,
Plus intense, est formé de deux parfums divers.

Après l'août fauve, après la splendeur monotone
Des grands blés remués par les vents querelleurs,
Voici des trèfles frais et de nouvelles fleurs,
Éveils tardifs, qui sont le printemps de l'automne.

Comme, en ces brefs regains, du deuil de ses beaux jours
Sourit la vieille terre un moment reverdie,
Mon âme, où la moisson est faite, remédie
A ses vieux souvenirs par de jeunes amours.

ÉGLOGUE ANGÉLIQUE

ASIEL

Tandis qu'en la musique éparse du cinnor
Nous passons, longue troupe ailée, aux robes d'or,
Dans la rose nuée où vont tes ailes, rose
Étiniah?

ÉTINIAH

La route est longue et d'ombres close
Qui mène vers le but qui m'attire.

ASIEL

Ton vol

Chante comme la voix triste du rossignol
Qui pleurait autrefois sous les cèdres des temples.
Où va-t-il ?

ÉTINIAH

Asiel ! Asiel ! qui contemples
La parfaite splendeur de l'hymen infini !
Ne sais-tu pas qu'un ange adorable est banni ;
Qu'il a redescendu les échelons sans nombre
(Car il est un chemin qui va du jour à l'ombre,
Plus noir à chaque pas ou plus éblouissant
Selon que notre pied le monte ou le descend),
Et que, privé du nom céleste dont le nomme
Encor l'écho, plus qu'un démon, mais moins qu'un homme,
Hélial, au-dessous des nuages rosés
Et pâles, où ses pieds vermeils s'étaient posés,
Frôle, déchu, la Terre aux saisons condamnée,
Et gémit, souffle épars dans l'automne fanée :
« Roses mourantes, lys penchés, bleuets éteints,
Esprits ! reverrons-nous les éternels matins ? »

ASIEL

Certes, tu maudiras l'éternité des heures,
Dolente Étiniah qui t'inclines et pleures
Vers la Terre bornée à de brèves saisons ;
Mais quel crime, car nul n'est puni sans raisons,
A fait déchoir, d'un pur brasier scindant les flammes,
Celle qui t'est la plus chère de tes deux âmes ?

ÉTINIAH

Dès le commencement je l'aimai ! car Celui
Qui voit l'isolement d'un ange avec ennui
Et sourit à l'hymen des âmes enlacées,
Nous avait dit : « Allez, vous êtes fiancées,
Jeunes âmes ! » Sur terre, où j'ai pleuré longtemps,
Je l'aimai. Que les cœurs humains sont peu constants !
Il riait, infidèle, aux bras d'une autre épouse.
J'étais femme, j'étais belle, je fus jalouse,
Et je mourus, farouche, en détestant l'amour.
Le temps est infini. Quand je revis le jour,
Ayant dans un corps vil pour geôlier mon blasphème,
Je l'aimai sans pouvoir dire ces mots : « Je t'aime ! »

Car j'étais l'humble chien de garde sur le seuil
Du logis où sa joie assombrissait mon deuil,
Et, morne, je voyais entrer la préférée,
Femme, belle, et les yeux riant d'être adorée;
Mais je fus très heureuse un jour qu'il me battit!
Cependant, vers les cieux primitifs, il partit,
Et l'âme du chien mort suivait l'âme du maître.
O douceur d'être purs et de se reconnaître,
Et, quoique épars, liés indissolublement
Par l'éternel amour dans l'éternel moment,
De s'épanouir, fleur à la double corolle,
Et de n'avoir, étant deux voix, qu'une parole,
Et de n'avoir qu'un seul regard, étant deux yeux,
Dans la clarté du vaste azur délicieux
D'où nous voyons, si loin, si bas, sous tant de voiles,
Frémir, comme des points ténébreux, les étoiles!
Mais celle qui lui plut, hélas! dans les séjours
D'exil où les nuits sont plus longues que les jours,
Ame aussi, rayonna dans la claire demeure.
Il la vit, — ah! le sort défend qu'un ange meure,
Puisque je souffre encore, Asiel! — et Celui
Pour qui l'isolement d'un cœur est un ennui,
Détournant du pécheur ses sublimes prunelles :

« Puisque tu romps l'accord des amours éternelles,

Dit-il avec tristesse, et des pactes conclus,

Va! retombe! » Hélial partit. Le ciel n'est plus.

ASIEL

Hélial est tombé très justement des gloires

Célestes dans la nuit des maux expiatoires;

Et tu dois le haïr, bien que haïr soit dur.

Cependant vers quels cieux fuit ton aile d'azur

Où l'on voit je ne sais quel soir étrange poindre?

ÉTINIAH

Le haïr? Je l'adore, et je vais le rejoindre!

LES MANSARDES

Nids sans duvet, étroits logis,
Où, brûlés de pleurs qu'on ignore,
Tant d'yeux par les veilles rougis
Ne se fermeront qu'à l'aurore,

Sur tout le fourmillement noir
Et tout le bruit des foules viles,
Vous vous rallumez chaque soir,
O mansardes des grandes villes !

Ceux qui vont sans lever les yeux
Aux vains plaisirs où l'on s'acharne
Ne guettent point, si près des cieux,
Le réveil de chaque lucarne ;

Mais les poètes attendris,
Sachant les besognes amères
Des mères hélas! sans maris
Et des fils au chevet des mères,

Sous l'auvent en arc de tunnel
Voient la lampe qu'un rideau voile,
Et, de loin, leur cœur fraternel
Te salue, ô plaintive étoile !

MIROIR BRISÉ

Les jours que j'ai vécus depuis le jour fatal
Sont comme un haut sentier que, brusque, un gouffre borne.
Va, mon âme ! et te brise en un bruit de cristal.

Ame triste ! Jamais la lune ouvrant sa corne
Ne s'y mira, jamais le ciel oriental,
Ni le lac forestier bleu sous le frêne et l'orne.

Toi seule, clair joyau du diabolique étal,
Occupas pleinement sa lucidité morne ;
Dans le moindre débris, ton reflet vit, total.

Et, pour bien châtier l'enfer qui nous suborne,
C'est toi, buveuse d'âme et de souffle vital,
Toi, Parque aux yeux de vierge, enfant au cœur de Norne,

Que je rends au centuple à ton gouffre natal !

EXHORTATION

Être homme? tu le peux. Va-t'en, guêtré de cuir,
L'arme au poing, sur les pics, dans la haute bourrasque,
Et suis le libre izard aussi loin qu'il peut fuir!

Fais-toi soldat; le front s'assainit sous le casque.
Jeûnant pour avoir faim et peinant pour dormir,
Sois un contrebandier dans la montagne basque!

Mais, dans nos vils séjours, ne t'attends qu'à vieillir.
Les pleurs mentent ainsi que le rire est un masque;
Tout est faux : glas du deuil et grelots du plaisir.

Et comme l'eau rechoit, par flaques, dans la vasque,
C'est notre vieux destin qu'en un lâche loisir
Se raffaisse toujours notre volonté flasque

Entre l'ennui de vivre et la peur de mourir.

ÉPITAPHE

POUR LE TOMBEAU DE THÉOPHILE GAUTIER.

Jeunes vierges, versez, avec de belles poses,
Versez des fleurs ! Celui qui dort dans ce tombeau
Aima d'un noble amour les vierges et les roses.

Jeune pâtre, conduis ton docile troupeau
Vers ce tertre ! Celui dont les lèvres sont closes
Paissait les rythmes d'or sur les hauteurs du Beau.

Sur ce front éclairé, vivant, d'apothéoses,
Allume, ardente nuit, ton multiple flambeau ;
Cygnes, pour ce chanteur chantez, doux virtuoses !

Mais tous, vierges et fleurs, pâtres, étoile, oiseau,
Ne pleurez pas, malgré la plus juste des causes,
Car celui qui dort là, dans un blême lambeau,

Sut regarder sans pleurs les êtres et les choses.

22.

DOUCEUR DU SOUVENIR

Je suis de ces marins qui rêvent sur la mer
Au charme de revoir, plus tard, dans les demeures,
Les flots bleus et le vol des mouettes par l'air !

Triste sous le baiser plaintif dont tu m'effleures,
Oh ! combien ton baiser de jadis m'est plus cher !
Les choses du passé, ma sœur, sont les meilleures.

Souviens-toi. Le regret même n'est pas amer.
Le deuil des jours anciens sourit quand tu le pleures,
Et du plus sombre soir le souvenir est clair.

Mais je hais le présent avec ses fades leurres,
Et, le cœur débordant d'un mépris juste et fier,
Si je poursuis mes jours, c'est que dans quelques heures

Le morose aujourd'hui sera le doux hier.

COQUETTERIE DE FANTOME

Vieilles heures, poussière, hélas! des sabliers
Brisés...

      J'entends le pas des bonheurs oubliés.
Les trépassés charmants, les adorables mortes,
Rêves, illusions, entre-bâillent les portes
De jadis! Une amour, sournoise, avec langueur,
A soulevé la pierre obscure de mon cœur.

Salut, ma jeune amour, blonde ressuscitée !
Ah ! coquette, la fleur à ton cercueil jetée,
Tu l'as mise dans tes cheveux ! et sur ton sein
Les trous du fin linceul s'ouvrent comme à dessein.

Mais elle, qui me voit au front plus d'une ride,
Fait la moue, et prétend que le jour l'intimide,
Jure qu'elle a sommeil encor, feint de bâiller,
Et rentre en son tombeau pour ne plus s'éveiller.

OUBLI

Allez, vieilles amours, chimères,
Caresses qui m'avez meurtri,
Tourments heureux, douceurs amères,
Abandonnez ce cœur flétri !

Sous l'azur sombre, à tire-d'ailes,
Dans l'espoir d'un gîte meilleur,
Fuyez, plaintives hirondelles,
Le nid désormais sans chaleur !

Tout s'éteint, grâce aux jours moroses,
Dans un tiède et terne unisson ;
Où sont les épines des roses ?
Où sont les roses du buisson ?

Après l'angoisse et la folie,
Comme la nuit après le soir,
L'oubli m'est venu. Car j'oublie !
Et c'est mon dernier désespoir.

Et mon âme aux vagues pensées
N'a pas même su retenir
De toutes ses douleurs passées
La douleur de s'en souvenir.

LE CHASSEUR

Je vis un beau chasseur à l'arc de fer et d'or !
Les bètes devant lui formaient des groupes fauves ;
Et sur son front frôlé des ramiers et des mauves
Parfois s'ouvrait le vol immense du condor.

« Bande l'arc ! et saisis la flèche meurtrière, »
Lui dis-je. « Quelle proie est à ton gré, chasseur ?
« L'once affreuse, ou le daim que défend sa douceur,
« Le buffle pacifique, ou la louve guerrière ?

« Vois ! tout ce qui bondit, ou rampe, ou prend son vol,

« Sans soupçon du péril se présente aux blessures.

« Perceras-tu l'aspic aux sifflantes morsures,

« Ou le mélodieux gosier du rossignol ? »

Mais lui, sans daigner voir l'oiseau ni les reptiles

Ni la grâce du faon ni l'hyène en courroux,

Pensif, avait posé son arc sur ses genoux

Et laissait au carquois ses flèches inutiles.

LE CONSEIL DU SOFI

Fils de pères mortels, marcheur aux courses brèves,
Conçois la vanité du fait et du dessein ;
Chaque goutte du sang qui pleure dans ton sein
Est la bulle crevée, homme ! d'un de tes rêves.

Que l'immobilité t'accoutume au trépas,
Puisqu'enfin dans un sol aux sèves épuisées
Tu sèmes vainement, de sueurs arrosées,
Les actions, ces grains qui ne germeront pas.

23

En repos, puisque l'œuvre est stérile, en silence,
Puisque le plus haut bruit n'a qu'un furtif moment,
Apprends à contempler l'abîme fixement
De l'immense repos et du silence immense.

Avec tout ce qui pense et vit, romps tous accords :
Ne mange ni ne bois, car le jeûne délie ;
Ignorant, n'apprends rien ; si tu savais, oublie ;
Méprisant ton esprit à l'égal de ton corps.

Que tout ton être, hors des modes et des formes,
Vers l'absolu converge en un parfait effort ;
Et que tes yeux soient clos comme les yeux d'un mort,
De sorte que, veillant, il semble que tu dormes.

Sans maison ni foyer, sans souvenirs ni vœux,
Subis, inerte, l'ombre et l'hiver, et la pluie,
Et l'âpre vent qui, seul, en les tordant, essuie,
Sur ta face qu'il cingle et gerce, tes cheveux !

N'écarte pas l'hyène ou l'once qui se vautre
Sur un lambeau de chair à tes flancs arraché ;
Que du sinistre oiseau sur ta tête perché
Le bec te crève un œil sans te faire ouvrir l'autre.

Buvant le vin de l'œuvre en ces coupes d'or faux
Qu'ils appellent puissance, honneurs, gloires, conquêtes,
Triomphent dans les champs souillés d'horribles fêtes
Les rouges moissonneurs dont un glaive est la faux.

D'autres hommes, au vent qui gonfle les voilures,
A la source, à l'oiseau, disent : Chante avec nous !
Ivres d'avoir vaincu, sous la lune, à genoux,
L'effroi des jeunes seins baignés de chevelures !

Quelques-uns sont pieux, doux, humbles à l'affront,
Charitables. Les dieux comblent les espérances,
Mais tous, esprits liés encore aux apparences
N'ayant pas dédaigné de vivre, revivront.

Ressaisis par le temps, meule aux rudes rouages,
Sans halte et dans la peur des incessants retours,
Ils tourneront, broyés sous les destins toujours,
D'être en être, de lieux en lieux, d'âges en âges !

O lassitude enfin de voir encor les cieux !
Le roi, de qui l'orgueil en la pourpre défaille,
N'envîra plus l'amant désabusé qui bâille
Dans le perfide lit des femmes aux beaux yeux !

Sois l'immobile roc où les vents et les fleuves
Se brisent et d'où nul écho ne leur répond ;
Car le renoncement total est le seul pont
Par lequel soit franchi le torrent des épreuves.

Et, bientôt, à la source unique retourné,
Où le néant avec soi-même communie,
Tu participeras à la paix infinie.
Délivré de renaître et n'étant jamais né.

SURSAUT

Flamme ancienne, rayon des soleils disparus,
Échauffe encor ce cœur qui dans la nuit se plonge.
Je veux croire! Je veux adorer le mensonge
Des espoirs, des amours, et des dieux que j'ai crus.

L'horizon de ma vie en vain se décolore :
Je guette des retours d'astres au firmament!
Et l'heureux souvenir de mon premier tourment
Me permet d'espérer une souffrance encore.

23.

Non! tout ce que j'ai fait, tout ce que j'ai subi,
N'a point brisé cette âme aux ardeurs toujours sûres;
Tel un glaive, qu'on crut usé dans les blessures,
Vaut mieux pour la bataille, ayant été fourbi.

Donc, supporte, et désire, âme que tout terrasse!
La honte n'a pas mis sa rougeur à mon front;
Et les événements, ces lâches, entendront
Mon dernier râle, avant que je demande grâce!

LA DERNIÈRE AME

A Gustave Flaubert.

Le ciel était sans dieux, la terre sans autels.
Nul réveil ne suivait les existences brèves.
L'homme ne connaissait, déchu des anciens rêves,
Que la Peur et l'Ennui qui fussent immortels.

Le seul chacal hantait le sépulcre de pierre,
Où, mains jointes, dormit longtemps l'aïeul sculpté;
Et, le marbre des bras s'étant émietté,
Le tombeau même avait désappris la prière.

Qui donc se souvenait qu'une âme eût dit : Je crois ! -
L'antique oubli couvrait les divines légendes.
Dans les marchés publics on suspendait les viandes
A des poteaux sanglants faits en forme de croix.

Le vieux Soleil errant dans l'espace incolore
Était las d'éclairer d'insipides destins...
—- Un homme qui venait de pays très lointains
Me dit : « Dans ma patrie il est un temple encore.

« Antique survivant des siècles révolus,
« Il s'écroule parmi le roc, le lierre et l'herbe,
« Et garde, encor sacré dans sa chute superbe,
« Le souvenir d'un Dieu de qui le nom n'est plus. »

Alors j'abandonnai les villes sans église
Et les cœurs sans élan d'espérance ou d'amour
En qui le Doute même était mort sans retour
Et que tranquillisait la Certitude acquise.

Les jours après les jours s'écoulèrent. J'allais.
Près de fleuves taris dormaient des cités mortes ;
Le vent seul visitait, engouffré sous les portes,
La Solitude assise au fond des vieux palais.

Ma jeunesse, au départ, marchait d'un pied robuste ;
Mais j'achevai la route avec des pas tremblants.
Ma tempe desséchée avait des cheveux blancs
Quand j'atteignis le seuil de la ruine auguste !

Déchiré, haletant, accablé, radieux,
Je dressai vers l'autel mon front que l'âge écrase,
Et mon âme exhalée en un grand cri d'extase
Monta, dernier encens, vers le derniers des dieux !

TABLE DES MATIERES

PHILOMÉLA

SONNETS

PANTÉLEIA

SÉRÉNADES

FIN DE LA TABLE

Sceaux. — Imp. Charaire et Cie.

www.ingramcontent.com/pod-product-compliance
Lightning Source LLC
Chambersburg PA
CBHW071814020726
47502CB00004B/1109